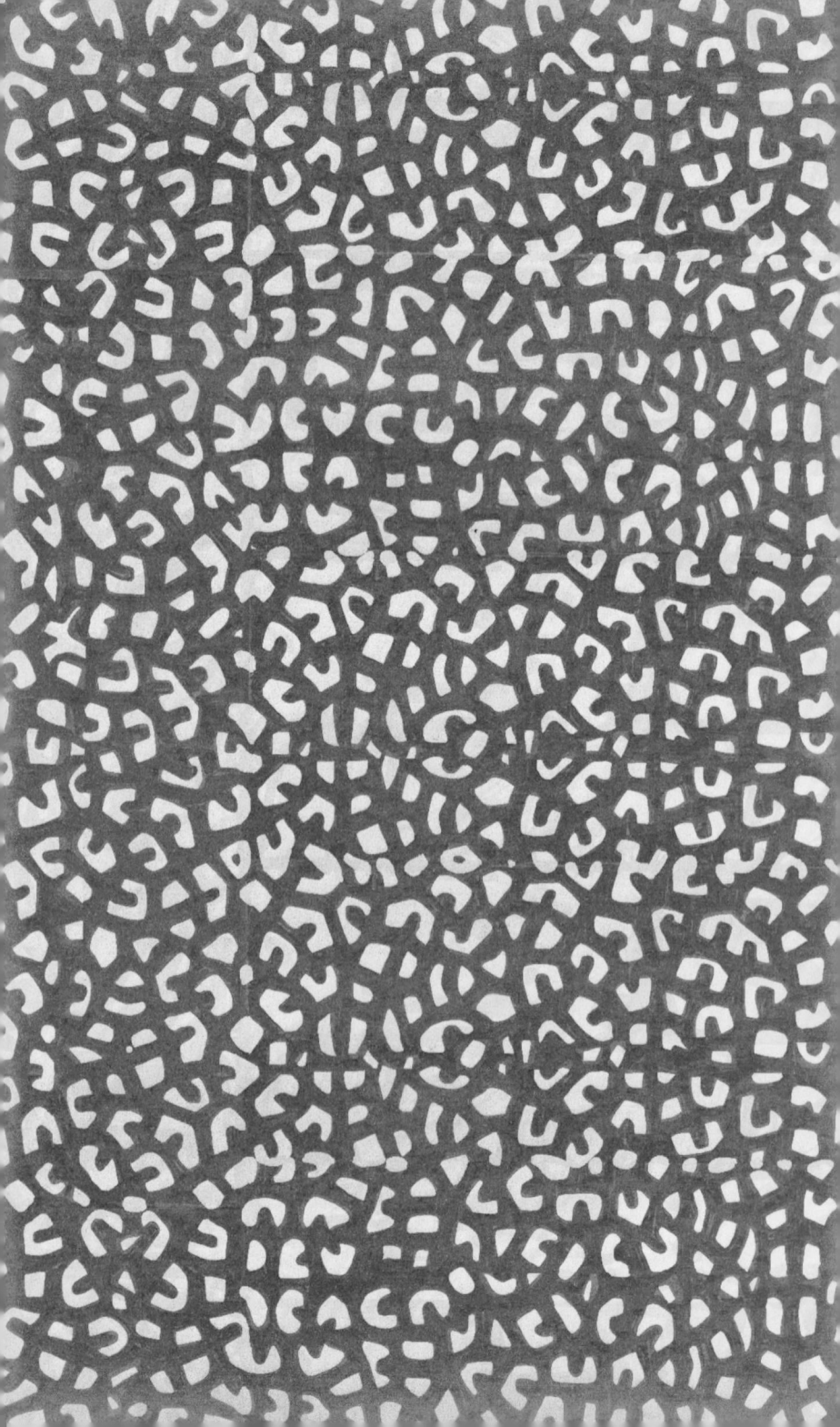

PEQUENOS REDEMOINHOS

MARIA MESSINA

PEQUENOS REDEMOINHOS

tradução e notas
Adriana Marcolini

Sumário

Introdução	**7**
Nota da tradutora	**15**
Mùnnino	**17**
A cruz	**37**
Sob tutela	**45**
Os hóspedes	**55**
Ti-nesciu	**67**
Hoje eu, amanhã você	**73**
O nicho vazio	**81**
A hora que passa	**89**
Depois das serenatas	**99**
A lembrança	**107**
La mèrica	**119**
Os sapatinhos	**137**
Nonna Lidda	**147**

Introdução

Maria Messina: uma grande mulher pequenina

"Uma jovem mulher franzina com um rostinho pálido e grandes olhos brilhantes, emoldurado por abundantes cabelos castanhos. Sua fragilidade escondia uma força de vontade incomum, a força de que ela precisava para denunciar; ela, uma mocinha de boa família que deveria ter ignorado certas humilhações, aquilo que se escondia por trás das fachadas das respeitáveis casas nas quais a mulher era mantida em um estado de submissão próximo à escravidão." Foi assim que Annie Messina, sobrinha da escritora Maria Messina, lembrou-se da tia, na introdução da editora Sellerio (1997) de *Piccoli Gorghi* — a coletânea de novelas que trazemos pela primeira vez ao leitor brasileiro sob o título de *Pequenos Redemoinhos*.

Maria Messina (1887-1944) foi uma grande escritora italiana ainda pouco conhecida. Permaneceu obscurecida por cinco décadas. Nasceu na província de Palermo, na ilha da Sicília, filha de um inspetor escolar. A mãe provinha de uma família de origem nobre empobrecida, outrora abastada. Conheceu a hipocrisia, comportamento habitual entre as famílias nobres depauperadas que mantinham as aparências, apesar das dificuldades. Não frequentou a escola. Na família patriarcal siciliana a educação formal era reservada apenas aos homens: das mulheres exigia-se submissão e obediência cega. Recebeu instrução doméstica sob a supervisão da mãe e do único irmão, Salvatore, que notou seu talento e a encorajou a escrever. *Pettini fini e altre novelle* (1909) e *Piccoli Gorghi* (1911), são suas primeiras coletâneas de novelas, o gênero conhecido em italiano como *novelle*, narrativas mais curtas que o romance e geralmente mais longas que um conto.

Suas tramas são concisas, sem adjetivos, diretas e arrebatadoras. Cortantes como uma faca. Algumas, como *Sob Tutela*, presente nesta edição, são ambientadas em Mistretta, a cidadezinha em que ela cresceu; outras têm como inspiração os desolados povoados do interior da Sicília, de onde milhares de pessoas — a maioria homens — partiram para a tão sonhada *Mèrica*. Muitos para nunca mais voltar — deixando para trás mulheres enlutadas, iludidas pelo sonho de se juntar a seus maridos e filhos, almas vagantes à espera de um rumo, de uma esperança que nunca iria se concretizar — as chamadas *vedove bianche* (viúvas brancas).

A obra de Maria Messina é permeada pela experiência pessoal, formada por vivências mantidas em segredo e pelas restrições econômicas familiares, que deviam ser "dignamente escondidas". A condição da mulher na Sicília, extremamente oprimida e submissa, impedida de estudar e trabalhar, proibida de fazer suas próprias escolhas, salta aos olhos na sua escrita. Vem à tona o desalento da província pobre, o compadecimento por personagens tragados e mergulhados nos "pequenos redemoinhos" das humilhações sofridas. A realidade da emigração — com suas dolorosas separações, a dissolução dos vínculos familiares e a solidão — é exposta sob a ótica feminina. Na sua escrita, a mulher, a quem, na época, era praticamente negada uma existência normal, é retratada com toda a sua complexidade.

A autora estreou muito jovem com duas coletâneas de novelas escritas sob a influência de Giovanni Verga (1840-1922), o maior expoente do *verismo* — corrente literária caracterizada pelo realismo, por uma linguagem crua e sem rodeios, com destaque para as expressões dialetais e personagens marcados pelo pessimismo. Considerava-o uma espécie de mestre e com ele trocou uma profícua correspondência ao longo de dez anos (1909-1919). A influência de Verga é patente no início, mas posteriormente sua narrativa assume uma identidade própria, com protagonismo para a figura feminina. Apesar de o arquivo pessoal de Maria Messina — incluindo cartas, livros e recordações familiares — ter se perdido no bombardeio de Pistoia, na Toscana, em 1944, as cartas enviadas a Verga foram encontradas em 1979, quando a biblioteca do escritor passou por uma reorganização. Os temas incluíam a dificuldade de as mulheres se inserirem no meio editorial, então dominado pela figura masculina, e considerações sobre a literatura.

As páginas de Maria Messina nos levam para dentro das casas humildes do interior da Sicília e também para as residências das famílias remediadas que respiravam uma falsa atmosfera de luxo, comandadas por homens decrépitos que impunham uma rotina tão rigorosa quanto os ponteiros de um relógio. Pela leitura de suas novelas percorremos as ruazinhas onde as mulheres se reuniam para costurar; as cozinhas de onde saíam doces sicilianos como *scattati* e *vuciddati*; as vielas com imagens de santos. E cruzamos com crianças esfomeadas que saboreiam pela primeira vez o gostinho do amor. Crianças ainda inocentes, mas que já carregam o peso do sofrimento.

Saúde debilidata

Em 1907, com apenas 20 anos, Maria Messina começou a ficar com a saúde debilitada. Em 1909, com a transferência de sede do trabalho paterno, deixou a Sicília com os pais. A família morou em várias cidades italianas, até que em 1924, com a saúde ainda mais fragilizada, se estabeleceu com a mãe em Florença. Dois anos depois recebeu o diagnóstico de esclerose múltipla e passou a residir na zona rural de Pistoia, perto de Florença. A perda dos movimentos foi gradual. Com o agravamento da doença, perdeu a capacidade física de escrever e viu-se obrigada a rescindir contratos com revistas e editoras.

No período (1909-1928) em que se dedicou à escrita, suas obras foram publicadas por editores italianos de destaque na época, como Sandron, Bemporad, Le Monnier e Treves. No entanto, o nome de Maria Messina desapareceu da cena literária italiana em 1928. Um silenciamento que se prolongaria até 1982, rompido graças ao escritor Leonardo Sciascia (1921-1989), que a redescobriu. Siciliano como ela, Sciascia teve a sensibilidade de propor a republicação de algumas de suas obras para a editora Sellerio, de Palermo. Foi só então que esta autora tão esquecida voltou a ter a merecida atenção. Nos últimos tempos, Maria Messina foi revalorizada, ganhando novas edições não só na Itália, mas também na França, Espanha, Alemanha e Estados Unidos. Com a presente edição, a editora Martin Claret oferece ao leitor brasileiro uma porta de entrada para a sua obra.

A autora faleceu em 1944, com apenas 56 anos de idade, vítima da esclerose múltipla que a acompanhou por mais de trinta anos. Apesar de ter passado a maior parte da vida fora da Sicília, nunca se esqueceu de sua terra natal. As recordações da ilha foram o alimento da sua escritura. *Buona lettura!*

Adriana Marcolini

Doutora em Língua, Literatura e Cultura Italianas — Universidade de São Paulo

PEQUENOS REDEMOINHOS

Nota da tradutora

Nesta tradução optei por manter *don* e *donna*, títulos que antecediam os nomes de pessoas importantes na Sicília, à época da redação do livro, porque os vocábulos mantêm assim seu sentido original e o texto adquire mais sabor. Da mesma forma, optei por deixar no original vários outros vocábulos, como *mamma, nonna, gna'* e *ssù*. A tradução das poesias e das frases em dialeto siciliano contou com a valiosa colaboração de Marco Scalabrino, a quem agradeço.

Mùnnino

Gna[1] Mara era chamada de *farera*,[2] mas o seu tear, coberto de pó e teia de aranhas, jazia mudo durante meses seguidos.

O marido, velho e debilitado, vinha só uma vez por ano para que ela lhe costurasse as camisas e o casaco rasgados e para curar as febres que contraía em Salamuni, e embora não lhe enviasse um tostão, a *farera* não morria de fome. Na vizinhança se dizia que ela se entendia com Vanni, o marceneiro, aquele de cabelos ruivos que trabalhava para os homens mais influentes do lugarejo, e que todos os anos começava a fazer barris de vinho em julho para só acabar em outubro, tantos eram os clientes que tinha.

Mas era Mùnnino que passava por maus bocados, aquele pobrezinho de quem a mãe se desvencilhava o máximo que podia; de manhã mandava-o para a escola com um pedaço de pão debaixo do braço, à tarde fazia

---

[1] Senhora (dialetos siciliano e calabrês).
[2] Tecelã.

com que encontrasse a porta fechada. Mùnnino, que já estava acostumado, enfiava os cadernos na gateira e ia para a rua Amarelli onde ficava a pérgula do padre Nibbio; agachava-se em um degrau com os cotovelos apoiados nos joelhos e o queixo entre as mãos, e olhava as crianças brincarem. Ele, que nunca tivera nem pião nem pena para escrever, não podia se juntar às brincadeiras; era o professor que lhe dava as penas, e para lhe dar uma nova queria antes ver a velha, que devia estar despontada e bem melada de tinta. Só quando recebia de volta a pena antiga é que se arriscava a fazer uma aposta com ela, todo feliz, mas logo a perdia e voltava a se agachar no degrau enquanto as crianças zombavam dele. Por volta do anoitecer ia dar uma espiada na porta de entrada. Quando a encontrava aberta se enfiava bem ligeiro, como aqueles gatos que, ao serem expulsos de casa, entram de novo assim que podem e se encolhem com medo de serem vistos e enxotados mais uma vez.

Uma noite, ele devia ter uns nove, no máximo dez anos, recebeu ordens de ir cedo pra cama, sem jantar. Não conseguia pegar no sono; devia ser mais ou menos meia-noite quando escutou alguma coisa, como se alguém estivesse abrindo a porta da casa. Assustado, enfiou a cabeça debaixo do *tramareddo*,[3] mas ao ouvir um passo vagaroso no andar de baixo começou a gritar chamando a mãe que dormia no quartinho que ficava embaixo do seu sótão. Em seguida, ouvindo-a sussurrar, aliviado, pulou da cama e estava para descer

---

[3] Lençol (dialeto siciliano).

a escadinha quando viu a mãe diante dele, de anágua, com o candeeiro na mão.

— O que você quer? O que tem na cabeça?
— É que eu escutei...
— O que você escutou? Não escutou nada.
— Alguém, na escadinha... Minha Nossa Senhora!
— Você está sonhando. Vá se deitar. Não deixe que ninguém te ouça gritar. Já pra cama!...

Sob a luz fraca da candeia, Mùnnino teve a impressão de entrever os cabelos ruivos do marceneiro no andar de baixo. Gritou:

— Viu? Minha Nossa Senhora!
— Escute bem, se você der mais um pio te mato. Não estou brincando, te mato. Aqui não tem nenhum bandido. Está com medo de quê?

Mas como Mùnnino continuava pregado na escadinha, de camisolão, cheio de medo e de curiosidade, a *farera* perdeu a paciência e começou a espancá-lo. Levou tantas pancadas que ficou como morto na cama, tremendo de frio e de dor. A *farera* dizia, com voz rouca e baixa para que ninguém a escutasse àquela hora:

— É pra ficar quieto, entende? Não há nenhum motivo para ter medo. Não tem nenhum bandido aqui. Seja lá o que você escute, pense que é algo bom, que sou eu que estou fazendo. E não saia por aí contando seus sonhos. Porque se eu ficar sabendo que você abriu o bico, meia palavra que seja, meia, entende? Te mato, corto sua língua. E agora durma.

Conseguiu dormir só por volta do amanhecer, quando começaram a passar os pastores de cabras e os camponeses. Passou a noite toda soluçando sem parar, debaixo do *tramareddo*, um sono leve, atormentado, cheio de sonhos amedrontadores. Acordou de repente. De manhã, com as bochechas roxas por causa das pancadas, foi para a escola devagar, caminhando curvado, com as mãos no bolso e os cadernos sujos debaixo do braço. Na saída, mais uma vez a mãe lhe disse, com olhar ameaçador:

— Quieto!

Sim, quieto, com certeza, pensava. Pancadas são pancadas. O marceneiro também o tinha visto: poderia jurar. Escutara seus passos.

Na escola não soube a lição, e o professor, para castigá-lo, não lhe deu pão. Era realmente um dia infeliz. Ao meio-dia estava com tanta fome que teria sido capaz de comer pedras; tomou coragem e ficou ganhando tempo atrás das carteiras até quando viu que todos os colegas tinham ido embora. Assim que todos saíram, na sala empoeirada restou apenas o professor que vestia o casaco. Mùnnino deu um passo adiante.

— Ainda aqui? O que está fazendo?

— Senhor professor! Tenha a caridade de me perdoar.

— Você não merece.

— Senhor professor — suplicou Mùnnino com os olhos embaçados pelas lágrimas — tenho muita fome.

— Da próxima vez estude a lição. Vá embora.

O professor estava de mau humor, mas Mùnnino tomou um pouco mais de coragem.

— Juro que isso não vai mais acontecer. Tenho muita fome. O senhor não sabe o que é passar fome! — acrescentou chorando.

O professor, que estava de saída, virou-se de repente:

Tirou o pão da gaveta e o colocou em cima da escrivaninha — Aqui está. — Mas agora me deve um favor. Você é capaz de manter segredo?

— Sei fazer qualquer coisa.

— Jure que não vai contar pra ninguém. Nem pra sua mãe.

Mùnnino olhou para o professor com a mão no peito.

— Está bem, leve esse bilhete para... sabe onde mora a senhora Lucia, a bordadeira? Sabe aquela casa vermelha onde termina a praça e começa a lavoura? Muito bem. É aquela casa. Um portãozinho verde. Entendeu mesmo? Então vá. Mas rápido. Te espero aqui com o relógio na mão.

Com o bilhete bem escondido no bolso da calça, Mùnnino correu como um furacão, porque de estômago vazio corre-se mais. Ao voltar encontrou o professor, que o afogou com perguntas: se ele tinha ido mesmo na casa vermelha, quem lhe tinha atendido e o que lhe haviam dito. E assim Mùnnino conseguiu alguns trocados, saiu feliz saboreando seu pão aos pouquinhos e foi jogar os cadernos na gateira, mas ao invés de ir observar as crianças, foi para a praça gastar com pão e sardinhas salgadas o que havia recebido, e subiu na direção do Calvário, para comer perto da fonte. Um cachorro que estava ali, todo pelado, começou a olhar para ele com um ar tristonho, abanando um pouco o rabo; Mùnnino o espantou, mas o cachorro não se mexeu, atirou-lhe então uma pedra, mas o animal voltou, e com aqueles olhos grandes e aflitos que pareciam humanos tornou a olhar um pouco para ele e um pouco para o pão que estava quase acabando. Mùnnino estava saciado e satisfeito.

— Está com fome? — resmungou.

— Tome! — e jogou um pedaço de pão que o cachorro abocanhou com as grandes mandíbulas famintas, voltando a olhar para Mùnnino, abanando o rabo.

— Ter fome é uma coisa horrível — resmungou o menino — mas para você seria necessário uma bisnaga inteira! — Pouco a pouco dividiu o resto do almoço com o cachorro; em seguida, satisfeito, bebeu um bom gole de água fresca da bica e foi para casa. Como a porta ainda estava fechada, foi ver as crianças brincarem. No dia seguinte também não soube a lição, mas o professor não esbravejou e nem o chamou para ler as vogais na lousa. Na hora do recreio, enquanto as crianças desciam para o pátio em meio a uma ruidosa algazarra, fez um gesto para que ele esperasse. Assim que ficaram a sós, empurrou-o para atrás da porta, colocou-lhe um par de moedas nas mãos e pediu que fosse comprar dois quilos de macarrão *zita*[4] e um quilo de linguiça.

---

[4] Um tipo de macarrão originário da Sicília. É comprido e tem um orifício grande no meio. No sul da Itália, o termo "zita" significa noiva.

— Carregue tudo bem escondido embaixo da samarra para que ninguém veja nada — ordenou. Mùnnino voltou exatamente um minuto antes que a aula recomeçasse, corado e ofegante, com aquele pacote que estava quase caindo por baixo da pequena samarra rasgada, e atendendo a um gesto do professor foi esconder tudo no vestiário, embaixo de uma sacola. Depois da aula voltou a fazer o trajeto até a casa da senhora Lucia e conseguiu mais alguns tostões.

A partir de então não pensou mais em estudar as lições e passou a olhar com arrogância para os colegas, com uma vontade louca de contar o grande segredo que sabia, mas não dava um pio porque tinha aprendido que não ganharia nada se falasse — isso quando não acontecia de ser espancado.

À noite, cheio de curiosidade, ficava escutando o barulho habitual da porta que abria, o passo como sempre vagaroso do marceneiro e um leve murmúrio, e quando escutava a mãe subir para ver se estava dormindo, enfiava-se debaixo do *tramareddo* fechando os olhos. Tinha ideias horríveis sobre o marceneiro, e quando o avistava de dia — com aquele aventalzão pendurado, todo vermelho, aquele rosto grande, satisfeito, martelando nos barris — cerrava os punhos enquanto seu coraçãozinho batia mais forte no peito. Todos os dias, quando ia para a fonte com o pão que recebia do professor, pensava em tantas coisas curiosas enquanto olhava para o cachorro cabisbaixo e pelado que sempre reencontrava. Quando eu for adulto — conjecturava — robusto e valente, então denunciarei o professor para seu filho. O professor tem medo do filho. Depois darei uma boa pedrada na cabeça de Vanni, a ponto de deixá-lo meio morto.

O marceneiro fazia como o professor, tal e qual; com a diferença de que o professor tinha medo do filho; enquanto sua mãe e o marceneiro não tinham medo dele, porque o teriam espancado se ousasse tão somente abrir o bico. Mas quando crescesse...

Um dia, quando estava com o cachorro, viu uma menininha de cabelos despenteados e uma roupinha em tom vermelho escuro, esfarrapada, que começou a olhar para ele. Tal como fizera o cão.

— Você também tá com fome?

A menininha estendeu a mão no intuito de receber o pão. Mùnnino, que estava sentado no alto, à beira da fonte, apertou-o contra o peito:

— Vai embora.

A garotinha mostrou-lhe um pedaço de vidro azul:

— Eu te dou.

— Não sei o que fazer com isso.

E começou a comer, todo contente de se sentir invejado. Em seguida acrescentou:

— Qual seu nome?

— Concetta.

— Tá com fome?

Concetta se aproximou e pegou o pedacinho de pão que Mùnnino lhe oferecia. Depois ele dividiu em mais duas partes a fatia que tinha sobrado, jogou a menor para o cachorro e então todos os três comeram, grudadinhos. A partir daquele dia, além do cão, uniu-se Concetta, e quando o cachorro, ao terminar aquela escassa ração, se afastava de rabo baixo, as duas crianças ficavam brincando juntas. Concetta sabia fazer bonecos com a terra embebida na água, as casas bem pequenininhas com as pedras e os tijolos quebrados, e tantas outras brincadeiras que Mùnnino aprendia com prazer porque nunca brincara e tampouco tivera amigos, mas preferia caminhar pelas plantações onde crescia o trigo e estridulavam os grilos, e onde via os camponeses lavrarem a terra; pulava os arbustos com Concetta e deitava-se no chão, no meio do trigo alto ainda verde, com o rosto virado para o céu e as mãos entrelaçadas atrás da nuca, desfrutando da frescura nas costas, completamente imóvel, sem se mexer nem espantar as moscas-de-estábulo que zanzavam ao seu redor. Concetta, que não sabia ficar parada nem um minuto, ia colher ranúnculos e flores silvestres, e ora ficava de pé no trigal verde, ora se escondia com medo de ser vista pelos *campieri*;[5] depois, quando estava cansada, se sentava ao lado de Mùnnino com as flores no avental rasgado e se divertia arrancando as folhas secas, uma a uma, fazendo uma bolinha de flores entre os dedos e deixando que se desmanchasse na mão aberta.

Conversavam pouco.

— Você não tem mãe? — perguntou um dia Mùnnino.

— Nunca tive.

— Então como é que você nasceu?

---

[5] Vigias particulares que fazem a segurança das propriedades rurais na Sicília.

— Sem mãe. Tem tanta gente sem mãe. A Nina também nasceu assim. Mas é ruim. E a *gna'* Fina bate sempre em mim.

— As mães também batem.

— Sim?! Então será que você merece?

— Não te disse que mereço. Disse que as mães também batem.

Uma tarde encontrou Concetta chorosa com um braço no pescoço.

— Deve ter quebrado — dizia com a fisionomia assustada — e ninguém vai me tratar!

Foram para as campinas, onde Mùnnino quis ver o braço, todo roxo.

— Vamos colocar um pouco de grama — disse, enfaixando-o como podia com o lenço — ficará menos inflamado.

— Não volto mais — afirmou Concetta de repente.

— Onde?

— Pra casa da *gna'* Fina.

— E você, pra onde vai?

— Sei lá eu? — soluçou Concetta. — É horrível não ter ninguém! Sou obrigada a ficar com a *gna'* Fina.

Mùnnino não respondeu. Ele também precisava ficar com a mãe, mas por pouco tempo ainda. Era homem. E um homem pode ganhar seu próprio pão.

Depois disse:

— Vou virar pastor. Quando meu pai vier vou falar com ele.

— Você vai virar pastor e eu fico com a *gna'* Fina! — suspirou Concetta com um olhar de inveja.

— Sou homem — disse Mùnnino em tom sério, cuspindo diante de si. — Um homem é outra coisa.

Olhou para Concetta e, franzindo a testa, acrescentou:

— Serei pastor e terei do que viver. Mas também pensarei em você. Deixe que eu cresça mais e você vai ver. Já tenho treze anos.

Concetta enxugou as bochechas enrubescidas e úmidas de choro e observou o amigo com olhos penetrantes; de repente, com seus gestos de gato selvagem, atirou os braços em torno do pescoço de Mùnnino, apertando-lhe tanto a ponto de machucá-lo; ele também apertou a cinturinha magra de Concetta, e então os dois se deram dois beijos que rebentaram como folhas de papoula. Sentiram-se subitamente contentes, como se tivessem crescido de uma só vez, e voltaram para o vilarejo de mãos dadas, em silêncio.

No dia seguinte, e ainda nos outros dias, não foi para a escola, dava na mesma, não valia mais a pena. O professor não lhe dava mais ordens para cumprir e ele não comprava mais pão e sardinhas salgadas. Mas continuou a ir para o Calvário à tarde, onde sempre encontrava Concetta. O cachorro apareceu mais duas ou três vezes e ficava parado, observando Mùnnino com grandes olhos atormentados que pareciam humanos. Depois não apareceu mais. Talvez tivesse encontrado a sorte em outro lugar.

No mês seguinte o pai voltou. Havia contraído as febres e estava tão envelhecido que dava pena vê-lo arrastar as pernas. Mùnnino lhe disse que queria virar pastor e o pai examinou-o da cabeça aos pés, vagarosamente, como se o medisse, balançando a cabeça.

— Acha que não sou capaz? Deixe que eu faça um teste. Peppe começou quando era menor do que eu.

— Sim, mas Peppe era mais corpulento, tinha um tronco duas vezes maior que o seu... Se o patrão quisesse você!

— Por favor, me leve até ele. Quero fazer um teste.

O velho, que amava Mùnnino, o único filho homem, disse à mulher que lhe costurasse um casaquinho de fustão, duas camisas de tecido grosso e uma samarra nova. A mãe dedicou-se de corpo e alma para concluir o trabalho em poucas semanas, pois não lhe parecia verdade que iria se desvencilhar daquele menino.

E assim, enfiado no casaquinho que lhe fazia parecer outra pessoa, Mùnnino foi atrás da amiga. Concetta olhou-o com inveja, acariciou o fustão suave, tocou os botões, um por um, se abaixou para examinar os *gammitti*,[6] enquanto Mùnnino estava parado como um poste, todo orgulhoso. Em seguida suspirou:

— Você é sortudo! Será pastor enquanto eu fico aqui.

— É melhor — disse Mùnnino — de qualquer forma, não conseguia mais pão. Eu te servia pra alguma coisa?

— Quando você vai voltar?

— Quando meu pai voltar. Uma vez por ano.

Anoitecia e se deixaram; Mùnnino caminhou adiante, foi correndo para casa, virando-se de vez em

---

[6] Tipo de sapato rústico usado pelos camponeses.

quando para dar um sorriso para Concetta, que tinha ficado parada, distante.

Mùnnino foi contratado. No início lhe deram apenas dez cabras para pastorear, depois lhe ensinaram a mungir. Ele era mesmo pequeno, mas tinha muita vontade de trabalhar; chamavam-no '*nsunnato*[7] porque muitas vezes ficava atordoado como quando estava no vilarejo.

Quando estava na montanha, cuidando das cabras, e via lá embaixo os pastos verdejantes, pensava em Concetta e lhe parecia vê-la no meio do trigal colhendo papoulas. Mas às vezes, à noite, quando fazia frio, deitando-se no celeiro — onde tinha aquele calor gostoso e aquele cheiro penetrante, onde as vacas ruminavam tranquilamente — seu prazer ia embora ao ver a lamparina pendurada na viga, que o fazia lembrar da mãe e de Vanni. Nessas ocasiões, só rememorando os velhos planos de vingança é que lhe parecia refazer as pazes consigo mesmo. De vez em quando pensava em denunciá-lo para o pai, mas pensava que ele e Vanni poderiam assassinar a mãe e não queria que ela sofresse.

Não crescia muito; continuava baixo e ia ficando amarelado; o pai, observando-o, se arrependia de tê-lo trazido para Salamuni, onde havia malária. Por volta de julho começou a contar os dias, e finalmente, em fins de agosto, retornou para o povoado. A mãe o recebeu em clima de festa. Ele lhe entregou tudo o que ganhou — também era uma maneira de mostrar que

---

[7] Inerte, apático, atordoado (dialeto siciliano).

tornara-se um homem. Na bolsa a tiracolo usada para carregar o pão escondeu um queijo de ricota pequeno e macio, entre dois ramos novos de videiras, e à tarde foi para a parte alta do lugarejo, perto do Calvário.

Parecia-lhe ter percorrido aquele caminho na noite anterior e sentia no coração uma alegria, como se fosse uma linda canção; uma alegria contagiante de rever todas as portas e as bicas da fonte de onde saíam aqueles rostos deformados de olhos arregalados, e a vendinha de *ssu'*Calójro onde ainda estavam as mesmas embalagens apagadas, com um pouco de pimenta em grão, as tâmaras amarelas, e a posta de bacalhau enfiada no arpão. Concetta não estava; seguiu adiante para chamá-la em frente à janela de *gna'* Fina. A garotinha veio correndo, toda vermelha, ofegante de prazer, e foram para o Calvário, onde Mùnnino lhe deu a ricota.

— Mas você não quer?
— Comi tantas! — respondeu com desdém.
— Que coisa boa é ser pastor! — disse Concetta lambendo os dedos.
— E você, o que tá fazendo agora?
— O que você acha? Fujo das pancadas de *gna'* Fina! Agora você é pastor. Pode me levar junto.
— Não é hora disso. O que você faria lá?
— Eu também cuidaria das cabras.
— Ah, sim...

Será que Concetta pensava que fosse tão simples? Que se ganhava a ricota sem fazer nada? Ela não sabia que em Salamuni também batiam sempre e forte!

— Você precisa saber que dão pancadas por aí afora. Por todo lado existem os mais robustos e os mais fortes — suspirou o pastor de cabras. Eles me davam cada sova quando me pegavam distraído! E ainda precisava levantar de madrugada, antes do amanhecer, levar as cabras para o pasto, mungir o leite para os patrões e preparar a ricota!

— Mas vou progredir no próximo ano. Vão me colocar pra fazer a ricota na *mànnira*.[8]

Conseguiu trabalhar na preparação da ricota, e todos os anos, ao voltar para o povoado, encontrava Concetta mais alta e menos esfarrapada. Estava bem penteada, usava cachecóis no pescoço, mas não podiam mais caminhar pelas campinas como quando eram crianças. Mùnnino tornara-se um pastor de cabras como os outros que vinham para as festas, todos vestidos de veludo, com a diferença de que eles eram ruivos e robustos e Mùnnino continuava a ser baixinho e amarelado. Um ano voltou com as febres. Foi ver Concetta na casa de *gna' Fina*, porque a menina já não ficava mais zanzando nas ruas, e como era a primeira vez que isso acontecia, sentia-se todo envergonhado, até porque *gna' Fina*, ao ver o grande pedaço de ricota que trouxera, fizera-lhe tantos elogios como se ele fosse o dono da casa. Ele gostaria de levar Concetta consigo como quando eram crianças, e olhando de soslaio aquele lindo rosto luminoso e rosado como o de uma senhora, pensava nos beijos que os dois tinham então trocado sem entender nada e que haviam brotado como folhas de papoula, e não sabia dizer uma palavra. A velha disse:

---

[8] Curral de cabras e ovelhas (dialeto siciliano).

— Vou um minuto na casa de *gna'* Aita. Mas por favor tenham juízo!

E olhou para Concetta, que enrubesceu até as orelhas.

Naquela noite Mùnnino voltou para casa com o coração quase explodindo no peito; não sabia se era por causa da febre que sentia chegar ou se por causa da agitação que o invadia dos pés à cabeça.

Visitou Concetta todos os dias, levando sempre presentes para ela, encontrando-a sempre sozinha. Mas uma tarde, depois de ter conversado com Peppe, que sabia de quase tudo, subiu para o Calvário cheio de raiva e impaciência; atirou Concetta em um canto, cravou em seus olhos e disse:

— É verdade o que me disseram? Sobre você e aquela Nina?

— O que te disseram?

— Não se faça de burra. É verdade ou não?

— Nossa Senhora.... — murmurou Concetta esticando as mãos trêmulas como se quisesse afastar toda aquela raiva.

— Não, não vou bater em você, porque nunca bati em ninguém. Os outros sempre me atormentaram — acrescentou com amargura — mas eu nunca fiz mal a ninguém. Diga-me se é verdade. Só isso.

— O que você quer que eu diga? Sim, é verdade — respondeu firme Concetta, enquanto nos cantos da boca despontavam-lhe dois vincos suaves que pareciam rugas. — É culpa daquela bruxa. É o seu ofício. Você deve entender dessas coisas. Foi ser pastor, fazer a sua vida, mas eu, nas mãos de *gna'* Fina não podia fazer outra coisa. Mas só gostei de você, Mùnnino...

Mùnnino teve a sensação de que lhe jogassem uma torrente de água gelada nas costas nuas e baixou a cabeça. Concetta pôs timidamente a mão no seu ombro, mas ele, ao ver se aproximar *gna'* Fina, deu alguns passos para trás e saiu, como se tivesse visto um escorpião, despedindo-se só com um aceno de mão.

Deitou-se cedo e sem jantar, com o frio da febre e uma dor no coração, como se uma agulha estivesse lhe espetando. Nos outros dias de férias ficou parado na porta de casa, batendo os dentes, todo amarelo, com a samarra nos ombros, apesar do clima agradável: pensava em Concetta, mas não tinha coragem de ir ao seu encontro na casa daquela velha de sorriso envenenado. A mãe dizia:

— Por que não sai um pouco? Quanto mais ficar sentado aí, mais vai se sentir cansado.

Uma noite ela resmungou:

— Deus me livre!... E se você não voltar mais para Salamuni?

Mùnnino fingiu que não tinha escutado, mas no final das férias voltou para Salamuni. Não queria ficar ali, na saia da mãe. Justo ele, que lhe trouxera o que havia poupado durante tantos anos! Quando estamos doentes somos enxotados por todos, como se fôssemos cães sarnentos.

Duas manhãs depois de voltar, deixou uma cabra sumir e quando retornou ao estábulo não soube se explicar. Talvez ela tivesse descido pelo outro lado da montanha, talvez tivesse se dispersado pela estrada principal.

— O que você estava fazendo? Seu tolo! — gritou Brasi chacoalhando-o pelos ombros. Brasi e Cola foram pra cima dele e o deixaram ferido e trêmulo.

Na manhã seguinte não conseguiu se levantar, estava com delírio, e lhe trouxeram uma tigela de leite no estábulo.

A noite caiu lenta e sombria para Mùnnino, como se aquele dia não fosse acabar mais. De vez em quando escutava o chocalho; era a vaca que balançava o pescoço e lhe parecia que estivesse bem longe. Vinham de fora as vozes dos colegas e de Brasi que lanchavam; ele também sempre lanchara lá fora, com eles, sob a luz avermelhada do pôr do sol. Com a escuridão, entravam no estábulo, um tanto confusamente, tantas imagens apagadas que ele mal visualizava; a mãe ao fundo com sua saia de quadradinhos brancos e vermelhos, o encarava feio, e Vanni ameaçava-o com o martelo. Alguém — quem era? — apertava tanto a sua cabeça com as mãos a ponto de ter a sensação de que a esmagassem. Depois chegava Concetta; tinha o pescoço e os braços nus, e ria alto; na escuridão só se viam seus dentes, os olhos pareciam duas cavernas; também revia o professor, que lhe enfiava na boca algumas amêndoas tão amargas que tinha vontade de cuspi-las; e quanto mais babava, sentia sua saliva amarga se esparramar na língua.

Todas aquelas pessoas lhe tinham feito mal. Lembrava-se dos pensamentos de vingança que tivera à beira da fonte, comendo o pão do professor; precisava matar Vanni e denunciar o professor... e depois precisava se casar com Concetta. Concetta, que era má como sua mãe, e que o teria traído durante o período em que permanecesse em Salamuni. Não conseguira se vingar, mas apesar disso crescera. Tinha ficado pequeno demais. Por isso todos tinham sempre batido nele. Se Brasi não o tivesse agredido daquela maneira, não estaria jazendo assim naquela noite.

Mas as mulheres eram más ou desgraçadas? E Concetta, cândida e delicada, como era linda! Chamava-a:

— Concetta... Concetta!...

Lamentava-se, devagar, devagar, no seu leito de palha, sentindo ao mesmo tempo o fogo tomar conta do seu corpo e uma grande fraqueza, como se tivessem lhe arrancado todo o sangue. E pedia que Nossa Senhora o fizesse levantar, porque era triste demais morrer ali, completamente só, como talvez tivesse morrido o cachorro pelado da fonte.

Lá fora, Brasi dizia:

— Precisamos avisar o patrão que ele está morrendo... e pensar onde vamos deixá-lo...

A cruz

Don[1] Peppino Schirò não era como os outros: tinha tantos livros, lia o jornal de alto a baixo e conhecia o latim tão bem que dava aulas para os estudantes do ginásio.

— Se eu tivesse continuado!... costumava dizer no fim do jantar, enquanto a irmã, depois de tirar a mesa, punha-se novamente a costurar meias.

— Se eu tivesse continuado!... e balançando a cabeça grisalha, fixava o olhar no pêndulo que oscilava em um incessante vaivém — como se o pêndulo lhe murmurasse, tic tac, tic tac, o que teria feito se tivesse estudado. Enquanto isso, na cabeça, um pouco estimulada pelo bom vinho de Vittoria, passavam e repassavam lentamente todos os graus e cargos que poderia ter exercido.

---

[1] Na língua italiana, além de se antepor aos nomes dos eclesiásticos, o título *don* era anteposto aos nomes de príncipes e nobres no passado, especialmente de origem espanhola. Na Itália meridional, se usa antes do nome de uma pessoa importante. O feminino de *don* é *donna*.

Ser uma pessoa *importante*, ter um título, um diploma, sempre fora seu sonho. Provavelmente teria se contentado em ter o diploma universitário como *don* Mimì, que o deixava bem à vista na moldura dourada!

... Mas não, ele tinha apenas o diploma ginasial; um pobre diploma de papel que dava, sim, uma boa impressão na sala, entre uma cornucópia e uma bailarina, mas não era uma recompensa adequada por toda sua instrução.

Em casa levava uma vida tranquila, no bordel era respeitado, não tinha dívidas... Quase poderia se dizer feliz... Mas o arrependimento por ter sido um obscuro funcionário de arquivo, a esperança aflita e tenaz de ser nomeado cavaleiro, impediam que se sentisse bem; tal como um convalescente que sente o mal-estar de uma longa doença.

Muitas vezes, enquanto dava uma lida no *L'Ora* — reclinado na poltrona azul escura em que descansara o avô e dormira o pai — sussurrava:

— Cavaleiro... Cavaleiro Schirò...

Que coisa maravilhosa!

Em outros tempos, quando sua cabeleira ainda era farta, havia pensado bastante, remoendo um meio de conseguir a honorificência mesmo sem ter nenhum cargo público.

Quando nasceu o príncipe hereditário, encomendou em Palermo um vidrinho de tinta e uma folha de pergaminho. Depois se fechou em casa. Durante dois dias só parava para comer e dormir: com a ajuda do dicionário de latim, produzia pacientemente uma ode ao príncipe. A irmã, passando na ponta dos pés em frente ao quarto do irmão — aquela bendita casa tão pequena! — pedia aos meninos que vinham para a aula não perturbarem:

— Voltem mais tarde. Está compondo a canção do príncipe.

Assim que o carteiro lhe entregou o papel e a tinta, se pôs a copiar imitando a antiga escritura do missal do padre Taliento; quando acabou havia uma atmosfera de júbilo pela casa toda, como se fosse Páscoa.

Todos os conhecidos sabiam da ode latina: os alunos tinham alardeado aos quatro ventos, *don* Peppino não havia aparecido no bordel por duas noites seguidas e, quando voltou tinha um ar tão estranho! Queriam ler a ode a todo custo. *Don* Peppino se defendeu com entusiasmo, emocionado pela grande vontade de exibir a própria cultura:

— Mas lhes parece?... É uma besteira!... Escrevi, mas não a envio.

Ao invés disso, mostrou-a para todos os amigos, sempre a sós, em pleno segredo, e para cada um que lia segurava a respiração observando o efeito que causava.

Don Mimì, que tinha diploma, disse que era muito bonita e que o rei lhe teria recompensado.

— Por isto! — respondeu *don* Peppino com um ar um tanto indiferente, enquanto o coração lhe palpitava no peito. — Não escrevi com um objetivo. Foi o ímpeto lírico, justamente como digo aqui, na segunda estrofe...

Não teve mais paz depois que mandou a ode; nas aulas se distraía, e na poltrona azul escura passava um bom tempo com o jornal na mão, sem ler: as palavras saltitavam diante de seus olhos; cada palavra virava uma cruz, uma cruzinha de ouro...

Todo fim de tarde, passando pelo correio, perguntava com a voz mais calma que conseguia:

— Tem alguma carta?

— Nada.

Voltava para casa cabisbaixo, com a bengala pendurada nas costas e as mãos entrelaçadas.

— Será preciso esperar meses — dizia à irmã para confortar a si mesmo — afinal, não chega diretamente nas mãos do rei...

Os meses se passaram, muitos meses de uma espera vã e enfadonha. Depois não esperou mais. Desistiu. Era o fim. Era realmente o fim. E sem uma linha de agradecimento.

Mesmo assim, quando a imperatriz da Alemanha morreu, quis tentar compor uma elegia. Também desta vez, a inspiração lhe veio espontânea porque sua alma estava triste, e pranteando a imperatriz também pranteava a primeira esperança desvanecida. Não contou nem ao menos para a irmã e, suspirando, anotou o gasto do pergaminho, num sinal de que se dava conta do desperdício daquela despesa. Depois esperou sem entusiasmo, mas com tamanha inquietação que ficou de mau humor por três meses.

A elegia foi sua última obra literária. Ficou com uma profunda aversão por aquele bendito latim que o havia iludido de maneira tão nociva. E a cruz continuou a ser o seu sonho melancólico. Era tudo o que ele queria, e imaginava a felicidade que seria chegar tarde da noite no bordel, quando todos estavam presentes, e dizer com a maior naturalidade:

— Sabem, me concederam o título de cavaleiro...

Por sorte ninguém sabia do seu desgosto: caso contrário, sabe-se lá como teriam zombado dele! Por isso, às vezes, quando se falava sobre honorificências, ele se apressava em dizer, balançando a papada e olhando para o chão com os olhinhos vivazes:

— A esta hora, se eu tivesse desejado, já teriam me feito cavaleiro cem vezes... Mas eu, não... São fantasias, sim, fantasias...

Espreitava o cavaleiro Cartelli, com medo de ofendê-lo. Era um negócio delicado, salvar o amor-próprio sem magoar o dos outros!

A verdadeira desgraça de *don* Peppino foi a chegada do tio de *don* Lillo, o honorável Costarini, que não visitava a cidadezinha havia vinte anos. *Don* Peppino conseguiu um colóquio a sós com ele e confiando naquele rosto sereno de olhos indulgentes falou de coração aberto do seu sonho e das odes latinas.

— Tolices — disse-lhe o deputado apertando-lhe a mão — basta uma palavra no alto escalão e o senhor terá a cruz.

Parecia que passassem mil anos até que o respeitável deputado retornasse para a capital. Depois voltou a esperar o correio. Foi um despertar doloroso da velha esperança quase adormecida.

— Um deputado — dizia à irmã seguindo-a por todos os quartos enquanto ela varria e fazia as camas — não se compromete se não tem certeza daquilo que diz...

— Eu — respondia a bondosa criatura que temia uma desilusão, além do mais porque *don* Peppino sofria do coração — não me amarguraria tanto. Pode acabar como as canções...

Mas ele não queria dar ouvidos. À noitinha, quando recebia uma carta, corria para debaixo do lampião para ver se tinha o selo de Roma; aqueles poucos passos do correio até o lampião eram feitos com o sangue na cabeça.

— Não escreve — começou a dizer. — Não escreve...

— Eu te disse! — suspirava a irmã. — Fique em paz e pense em viver...

A chegada do ilustre Costarini provocou um verdadeiro embaraço! No bordel todos ficaram sabendo da sua espera longa e secreta e ele se tornou o tema engraçado de todas as conversas, mais um motivo para pilhérias e piadas. *Don* Mimì chamava-o de cavaleiro, tirando o chapéu, e o barão Barbarella lhe prometia uma cruz de ouro.

Ele se defendia com fragilidade, como um menino, dando uma risadinha para demonstrar que era superior àquelas besteiras e que sabia lidar com a gozação.

Mas na véspera da festa dos *Gesanti*[2] aprontaram uma que foi de uma grosseria sem fim: *don* Lillo foi ao seu encontro na porta do bilhar e comunicou-lhe, em tom sério, que o tio lhe respondera que havia atendido seu desejo, enquanto todos os amigos o rodeavam em clima de júbilo.

---

[2] Gigantes.

Por um momento acreditou; empalideceu, sorriu, estava para agradecer, mas assim que percebeu ter sido alvo de uma brincadeira de mau gosto sentiu um aperto no coração pela humilhação.

Os amigos riam, todos com o rosto ardente de entusiasmo. Ele pôs o chapéu e procurou a porta que não encontrava.

— Nunca mais ponho o pé aqui... — balbuciou com a voz rouca — toda brincadeira tem um limite.

O barão Barbarella tentou dissuadi-lo:

— Mas *don* Peppino... era uma brincadeira...

— Não. Vou embora. É demais, é demais...

E foi para casa como alguém que tivesse bebido. Enfiou-se logo na cama. Enxergava tudo vermelho e as paredes balançavam à sua volta. A irmã, consternada, desalentada, chamou o médico e acendeu uma vela diante da imagem de São Sebastião. Estava enrubescido e passou a noite toda com os olhos fechados sob a touca úmida de onde gotejavam pingos na testa árida.

Só se sentiu melhor ao amanhecer, quando a vela em frente à imagem tinha acabado. O dia seguinte era feriado, e no quarto em ordem, todo limpo e fresco, entrava o formoso sol de setembro.

Parecia calmo e sereno; tanto era assim que a irmã ficou aliviada e o médico garantiu que logo ele teria se levantado da cama.

Sorriu e respondeu em tom de brincadeira. Mas assim que ficou sozinho, enquanto a irmã olhava os *Gesanti* passarem, sentiu-se de repente muito aflito e amargurado. Com a cabeça perturbada e confusa,

imerso em uma dolorosa melancolia, pôs-se a pensar na própria vida desperdiçada como as duas folhas de pergaminho, na humilhação da noite anterior... mas, mesmo envolto nesses pensamentos, a vozinha lhe sussurrava insistente na orelha, com a música da procissão:
— Cavaleiro Schirò... Cavaleiro Schirò...

Sob tutela

No bordel não se falava de outra coisa que não fosse a senhora que tinha vindo se hospedar na pensão de Sciaverio, que era italiana e se chamava Klepper. Ela dizia que era de Patti e que tivesse se casado com um alemão. Havia quem dissesse que fosse uma tal de Mincuzza, da cidade de Naso, que tinha percorrido toda a Itália aprontando de tudo. Falavam dela com certo desprezo displicente, mas de manhã, quando passeavam no jardim do bordel, que ficava justamente em frente à pensão, pregavam os olhos para ver se a senhora se debruçava à janela. À tarde os rapazinhos iam ao seu encalço; muitos velhinhos, inclusive aqueles que, havia anos e anos, não davam um passeio, se arrastavam lentamente até a Capelinha só para ver a Klepper, que fazia caminhadas longuíssimas — se dizia que ia até o posto de coleta de impostos da ferrovia — de cabeça erguida e rosto sorridente, totalmente vestida de branco a ponto de parecer uma estátua.

Alguns, com a desculpa de falar com Sciaverio ou de cumprimentar os oficiais, entravam na pensão e assim podiam vê-la de perto. Sempre por curiosidade — diziam os velhos dando de ombros — assim, por diversão, sabe como é ...

Mas Bobò Caramagna, que passava a vida no bordel, escutava com avidez os comentários e as insinuações dos velhotes, e perdia a cabeça. Como se o bordel não lhe bastasse, escutava as irmãs contarem que viam a tal Klepper através das persianas e ficavam encantadas com seus vestidos pomposos e esvoaçantes, e também ouvia o tio dizer que no fim do almoço discutia com a mulher se a Klepper se pintava ou não, se era um pouco cheinha ou não, sem nunca conseguir convencer nem a mulher nem a si mesmo.

Bobò não participava das conversas e dos comentários, um pouco porque ninguém lhe teria dado atenção, um pouco porque para ele a Klepper era uma beleza jamais vista; uma beleza como aquela não conhecia nem em sonho; e seguindo-a na direção do Calvário, até onde os outros não chegavam, a cada dia lhe parecia mais bonita, principalmente se a comparava às mocinhas da cidadezinha que podiam ser vistas aos domingos, com rostinhos pálidos demais ou pintados além da conta, e cabelos lisos que lhes caíam na testa quando soprava um pouco de vento. Ao passar entre elas, a Klepper — tão alta, bem encorpada, de cabelos crespos e com o peito e os quadris esplêndidos, apertados no vestido branco que a modelava como uma estátua — era uma maravilha. Quanto mais Bobò a via, mais se enternecia e evitava os amigos ruminando consigo mesmo, sombrio e taciturno, um jeito de conhecer a senhora. Nesse meio tempo, seguia-a aflito, esperando ser visto, observando-a com lágrimas nos olhos e enxugando o nariz com o lenço amarrotado: mas a senhora Klepper não o via. Certa manhã resolveu escrever-lhe uma mensagem e lembrou-se até de espargir a essência de rosa das irmãs; enfiou todas as frases que lhe vieram à mente, lidas sabe-se lá onde, um bilhete em que — comparando-a a uma fada, a uma deusa, a uma flor, a uma nuvem branca que deveria se comover e derreter sobre ele, que era uma rocha árida e sedenta — pedia caridosamente um olhar.

À tarde parou no châlet à espera do olhar, mas a Klepper passou sem vê-lo. Sentiu vontade de morrer!

Apesar disso, continuou a ir atrás dela, naquele dia e em tantos outros ainda, sozinho como um louco, com o rosto amarelado, e na volta de cada caminhada ia se jogar em um sofá do bordel, num cantinho escondido em meio à escuridão, para ouvir falarem sobre a Klepper.

Uma tarde seguiu-a lentamente, além do posto de coleta de impostos, onde a rua, sob as colinas áridas, prosseguia larga e deserta; caminhava bem devagarzinho e quando ela se virou para voltar, ainda a seguiu por uns dez passos; ao retornar encontrou-a parada olhando com um monóculo o mar, incrustado entre os morros. Tinha de passar diante dela e, como estava em meio às colinas, já fora da cidade, lembrou-se de que podia tirar o chapéu.

— *Bonjour, monsieur*! — escutou-a responder.

Como não havia uma ocasião melhor, Bobò, que teria sacrificado a vida para se deter, caminhou ao seu encontro a passos lentos.

— O senhor — disse a Klepper fixando-o com o monóculo — deve ser o sobrinho do barão Caramagna.

— Sim, a seu dispor! — respondeu Bobò com voz rouca, parando de chofre como uma marionete.

— Escutei falar do senhor pelo Sciaverio. Que vista bonita — acrescentou a senhora — e que linda cidadezinha. É uma pena que vocês sejam tão taciturnos. As senhoras saem pouco.

— É verdade. Saem pouco.

— Não dá para fazer amizades. É um tédio mortal. Se houvesse ao menos uma biblioteca, se tivesse jornais!...

— Se a senhora quiser livros... — disse Bobò com um tom de voz como se tivesse feito uma descoberta. E enfiou rapidamente as mãos no bolso, mas pensando que não fosse um gesto de uma pessoa de bem, tirou-as logo enquanto a senhora lhe dizia:

— Sim, sim, querido *monsieur* Caramagna. Traga-me romances se o senhor puder. Ah, meu Deus, quando converso com alguém acabo sempre me esquecendo de usar você. Desculpe. Peguei esse costume em Paris.

— Ah! que isso! A senhora esteve em Paris?

— Sim, também estive em Paris, por muitos anos. O meu pobre marido era pintor e se estabeleceu em Paris. Então espero o senhor amanhã — acrescentou estendendo-lhe a mão — *au revoir*.

Depois desse cumprimento Bobò se afastou todo agitado e feliz. Comeu pouco no jantar; no dia seguinte — após ter esperado com impaciência que o tio resolvesse se deitar para o cochilo depois do almoço — foi bisbilhotar no escritório, carregando para o quarto uns dez romances de Werner e de Ohnet. Escolheu três ou quatro entre os que tinham ilustrações e que lhe pareceram os mais impressionantes e foi para a pensão.

Retornou no dia seguinte para levar à Klepper os primeiros cachos de uva da safra e, ao voltar para casa, encontrou o tio furioso:

— Vejam só o herói do dia, o babuíno que dá uma de galante com os meus livros, e que é corneado por toda a cidade. Você pensa que está sozinho, que tem toda liberdade pra quebrar a cara?

E passou-lhe um terrível sermão, um sermão que Bobò tomou sem dar nem um respiro, como se não fosse dirigido a ele, esperando o momento certo para escapar, e se perguntando como se dizia "vestida com elegância" em francês.

Continuava a ir à pensão todas as tardes, e na volta de cada visita corria para casa e folheava o livro de gramática de francês para não cair em despropósitos e com medo de já ter escorregado em algum ao conversar com aquela senhora tão instruída. Levava-lhe livros e flores, flores e livros, acreditando fazer algo que lhe agradasse e sempre buscando um jeito de lhe dizer o que sofria e sentia por ela, mas quando lhe parecia ter encontrado, então a senhora, como se fosse de propósito, aparecia com uma pergunta, com uma observação que lhe confundia as frases já preparadas.

    Passava longas horas na pensão, horas que lhe pareciam minutos; sentia-se angustiado com a própria timidez e com a beleza da Klepper; muitas e muitas vezes ela tocava horas e horas, e ele, de pé junto ao piano, ficava passando as páginas no atril a cada aceno de seus belos olhos, totalmente desorientado, com o olhar ávido cravado nela, no seu pescoço nu, nas mãos brancas, no peito que subia e descia com a respiração leve, enquanto a música, que ele não compreendia, deixava-o totalmente estonteado. Depois de tocar, a Klepper despedia-se dizendo que era hora de jantar e ele ia embora, excitado, desgostoso e emocionado sem ver nada diante de si; numa dessas noites trombou com o tio no final da escada.

— Nossa Senhora! — gaguejou despertando, enquanto o tio agarrava sua orelha apertando-a com força entre o polegar e o indicador.

— Canalha! ... Vá embora!

— Aqui não, tio — encontrou a coragem de dizer o pobre Bobò, pendendo a cabeça para o lado da orelha que o tio havia agarrado. — Faça o que quiser comigo, mas em casa. Tenha piedade!

A voz tinha o tom de uma súplica e o tio pôs as mãos de volta no bolso, mas também foi para casa.

Em casa aconteceu o inferno, o dilúvio; as irmãs se fecharam nos quartos para não ouvir os palavrões que o tio berrava enquanto aplicava bofetadas no sobrinho, embora a esposa lhe rogasse para parar, para não o castigar daquele jeito.

Desta vez, se ele pusesse de novo os pés na pensão o tio o teria encerrado no colégio, ao custo de gastar todo o patrimônio com aquele animal — gritava o barão — com aquele marionete que fazia toda a cidade falar! Que inferno, que inferno!...

Bobò foi dormir sem jantar, trêmulo de febre, transtornado com aquele vozerio. Apesar disso, permaneceu com os olhos tão arregalados que naquela escuridão brilhavam como os de um gato.

Já tarde, talvez às onze, quando as irmãs dormiam e o barão tinha voltado para o bordel, a tia subiu bem devagar, pálida como se tivesse chorado, e fazendo um cafuné em seus cabelos, perguntou se queria comer alguma coisa.

— Não — respondeu Bobò ríspido.

— Meu querido, não aja assim. O tio tem razão, não há como contestar. Pare com isso, meu filho. Deixe aquela mulher, ela é uma má cristã. Não viu que ela não devolveu os livros? Você já é um rapaz e age dessa forma? Estamos vivendo no inferno por sua causa. Faça isso por suas irmãs!...

Aos poucos, a luz tênue da vela e a voz da tia, doce e tristonha, foram como um carinho de mãe para Bobò, da mãe que não tinha mais, e de repente começou a soluçar, com a cabeça debaixo da coberta, chamando:

— Mamãe, minha mãe!...

A tia acariciou docemente seus cabelos despenteados e ficou no quarto até que o viu adormecer, cobrindo-lhe bem como faria a um filho.

Mesmo assim, na tarde do dia seguinte — como se a rua o atraísse — Bobò foi para o Calvário; perto da capelinha avistou a Klepper, que sorriu para ele, ereta debaixo do guarda-chuvinha branco, com um sorriso que fez desaparecer todas as dores e ameaças. Bobò tirou o chapéu com toda a reverência, procurando uma palavra para dizer, uma palavra de peso. Mas não encontrou nada, absolutamente nada, e enrubescido até as orelhas, sem enxergar nada a não ser aquela brancura ofuscante no sol forte, com os olhos ávidos, estáticos, murmurou:

— Como a senhora é linda, *matame*...

Em seguida, temeroso de ter cometido um erro, não ousou olhar a *matame* na cara, e correu para tirar o pó do banco com o lenço. Mas a Klepper, sempre sorrindo, lhe disse com sua voz tranquila:

— Aqui tem sol demais, *mon enfant*. Mais adiante encontraremos um pouco de sombra.

— É verdade. — E Bobò, à esquerda da senhora, começou a andar moderando o próprio passo, enquanto suas pernas trêmulas queriam sair correndo e todo seu corpo se agitava.

Sentaram-se à sombra e enquanto Bobò punha-se a pensar no que poderia lhe dizer de bonito, como poderia lhe dizer o que nunca pudera durante todo aquele mês, emudecia reprimido pelo seu próprio silêncio e pela melancolia do tempo que passava. Sorrindo, a Klepper perguntou-lhe de repente: — O senhor está triste, pequeno Bobò? Sei que tem muitos desgostos em casa.

Quem tinha falado? Talvez Sciaverio?

— Não. Por quê? — disse altivo.
— Ah, não? Achei que estivesse.

Bobò percebeu que aquela seria uma boa ocasião para lhe revelar seus sentimentos, falando dos próprios sofrimentos, e mordeu os lábios por não ter entendido isso logo, mas se recompôs.

— Sim — disse com firmeza — é o tio. Não quer que eu a veja, senhora. Mas eu, senhora... — e com a voz trêmula repetiu — mas eu...

— Veja quem está chegando — disse de repente a senhora Klepper, com uma voz alegre, apontando o guarda-chuvinha para a colina — o seu tio!

— Como?... meu tio? É ele mesmo! Então é melhor que não nos veja juntos, senhora. Vai pensar mal de nós, da senhora. Desculpe. Até logo!

Levantou-se estendendo a mão para a *matame* que olhava sempre na direção da colina com o monóculo sem dar a mínima para ele; em seguida afastou-se todo enrubescido com os olhos marejados de lágrimas e as pernas trêmulas, com um mundo de preocupações que o torturavam; chamando-se de burro e idiota, lembrando-se com saudades da senhora a quem desejara e que esperava que ele fugisse; e embora se xingasse de idiota, corria por causa daquele maldito medo de ser visto pelo tio.

Mas o tio, que estava montado no seu elegante alazão, virou atrás da colina e parou em frente a Klepper, e em meio ao forte ruído do trotar dos cascos, apeou. Sorrindo, apertou a mão enluvada que ela lhe estendeu, trocando algumas palavras.

Enquanto isso, o pequeno Bobò, atirado num banco do châlet, esperava para ver *matame* passar novamente, com o coração enlutado de infelicidade.

Os hóspedes

Lucia tinha feito um alinhavo com a agulha e olhava para fora, completamente tomada pelo longo chilreio das andorinhas que passavam em bandos sombrios e velozes no céu azul turquesa. Não se via nada além do céu e das casas que, com seus telhados avermelhados e musgosos, davam a impressão de se estenderem até as montanhas pardacentas.

Mesmo com aquele ar cálido de abril, que fazia o coração bater mais rápido enquanto o corpo ficava suavemente debilitado por uma moleza incomum, Lucia sonhava com as planícies verdes e infinitas, e pensava em uma longa rua branca, entre duas fileiras de plátanos, que vira outrora, havia tanto tempo.

Do quarto ao lado vinham os pequenos ruídos irritantes trazidos pelo hábito de cheirar tabaco, de folhear os jornais, de tamborilar os dedos na mesa. Enrugou um pouco a testa. Há quantos anos seu pai era assim? Quase não se lembrava mais dele sadio e perspicaz.

Oprimida pelo silêncio e pelo tédio daquela tarde sonolenta, desejava ao menos caminhar pela casa, mas não havia para onde ir. No grande dormitório do doente, onde as janelas estavam sempre fechadas e a mãe trabalhava sem parar, não queria ir; os outros quartos desocupados e a sala fria e meio escura — com seus quadros a óleo, sombrios e assustadores, as campânulas de vidro cobrindo flores de papel recortado e os mouros de veludo marrom escuro com olhos brancos desproporcionais — não a convidavam. Sobrava a cozinha; muitas vezes entrava com a desculpa de inspecionar — porque lá se sentia bem e as grandes janelas davam para o gramado. Mas se Turiddo, Lisa e Nena estavam juntos conversando, fazendo bagunça, assim que ela aparecia calavam-se de repente, arregaçando as mangas e esfregando os maços das verduras, varrendo com fervor, todos corados e vivazes. Isso a desagradava porque sentia ainda mais como tudo adquiria um tom frio e austero quando ela se aproximava. Seu rosto pálido, um pouco sardento, com grandes olhos castanhos, parecia sempre triste; triste também era o vestido de luto que já usava havia três anos pela morte de um tio. Nunca teria conseguido se livrar daquele luto, pois entre tantos parentes velhos, próximos e distantes, lhe tocava renová-lo para uma nova morte quando ainda não tinha terminado de usá-lo para uma recente.

Naquele dia não quis nem entrar na cozinha porque ao passar em frente escutara risadas tão alegres e jubilosas que lhe parecera um pecado interromper. Mas esperava com uma impaciência jamais vista que alguma coisa nova acontecesse; que pelo menos alguém batesse à porta, talvez Nina, a fiandeira que sabia tantas histórias estranhas e terrificantes de espíritos: qualquer um, só para escutar alguém falar. Porque sofria demais com os dias que terminavam sempre tão iguais, tão silenciosos. Enquanto os telhados adquiriam tons avermelhados por causa do crepúsculo que se aproximava, via a noite chegar aos poucos, uma noite como todas as outras. Como sempre, então ela deixaria então o bordado de lado e iria ajudar a mãe a empurrar o enfermo na cadeira de rodas para a sala de jantar onde Lisa acenderia o candeeiro, aquele mesmo candeeiro que todas as noites ardia um pouco.

Depois batia à porta tio Nicolino, que vinha jogar uma partida de baralho com o irmão. Tio Nicolino era corpulento e monótono, falava pouco, mas aquele pouco que falava se reduzia a algumas frases, e quando acabava de jogar, enquanto esperava o criado que vinha buscá-lo, emudecia e colocava as mãos nos joelhos, enrolando um polegar no outro com um gesto costumeiro que preenchia seus longos silêncios. Ela e a mãe faziam uma colcha branca interminável.

Lucia ainda não havia firmado de novo a agulha, fascinada pela intensa luz avermelhada e alaranjada que chamejava nos telhados musgosos, quando entrou a mãe no quarto já meio escuro:

— Veja, Lucietta — disse — Bitto trouxe uma carta de sua tia.

— Tia Fifina?

— Sim, ela mesma. Chega amanhã ao meio-dia.

— Amanhã ao meio-dia! — exclamou forte Lucia enrubescendo de satisfação.

— Calma! Ainda não lhe contei. Mas não tenha medo. Contarei a ele esta noite quando estiver aqui Nicolino, que tem prazer em ver a irmã.

Foram pegar o doente. Lucia estava entusiasta e temerosa, empurrou a cadeira com mais delicadeza do que de costume até a mesa de jantar, enquanto Lisa ajustava a chama do candeeiro que, como sempre, ardia pouco.

Don Mariannino estava de mau humor e começou a tamborilar com seus volumosos dedos do pé no tapete vermelho e preto. Lucia recomeçou a trabalhar na colcha observando ora o rosto da mãe, receosa de perceber o mesmo desalento que ela mesma sentia; ora o do pai, esperando que ele retomasse a serenidade. Assim que tio Nicolino entrou, *donna* Peppina disse:

— Fifina escreveu.

Don Mariannino começou a misturar as cartas como se não tivesse ouvido, mas o irmão olhou para a cunhada indicando que queria saber.

— Creio que venha... com o marido.

— Cartas — disse *don* Mariannino, acenando com a cabeça que tinha entendido. Seguiu-se um longo silêncio.

— Escopa — avisava *don* Mariannino de vez em quando, atirando uma carta. Lucia suspirou aliviada porque quando ele ganhava seu humor costumava melhorar.

— Devem vir? — perguntou o velho, olhando para a mulher com cara de carrancudo, quando terminou o jogo.

— Parece que sim. Não li bem.
— Deixe-me ler. — E começou a ler lentamente para si a breve carta que a mulher lhe estendeu, enquanto o irmão, com seu volumoso queixo apoiado no peito, esperava enrolando um polegar no outro.

— Aquele lá quer acabar com a minha paz — resmungou o enfermo passando a carta para o irmão — a casa vai ficar uma bagunça durante uma semana!

Com as mãos suadas pela ansiedade, Lucia suspirou aliviada.

No dia seguinte Lucia passou as horas de espera preparando, toda feliz, o quarto para os tios, passando na ponta dos pés ao lado do aposento paterno para que o pai não sentisse nenhum incômodo com os preparativos.

Foi uma alegria varrer o dormitório cheio de sol com as janelas totalmente abertas, ajudar a tirar o pó e a arrumar os colchões; tudo às pressas pelo medo de não acabar a tempo, e repetindo:

— Rápido, Lisa, se me encontrarem assim! — Finalmente ela também ria, enquanto naquela tarefa agradável suas bochechas coravam e os cabelos castanhos, jogados para trás e desalinhados, pareciam mais macios e brilhantes.

Com bastante zelo, fez a cama com a ajuda de Lisa, que era jovem, ágil e tagarela.

— Ah, os lençóis de primeira! — exclamava estalando a língua.

— Quieta! Minha mãe não sabe.

— É mesmo, a patroa só quer usar a roupa de cama de segunda!

— Está certo para o dia a dia. Mas para a tia Fifina! Imagine, Lisa, que dama elegante!

— Sim, é verdade! Mas *voscenza* não é menos fina que ela.

— O que isso tem a ver, Lisa?... Não precisa comparar — corrigiu Lucia balançando a cabeça.

— Ah, sim! Queria ver se *voscenza* levasse a vida da senhora sua tia! Ela se veste tão elegante que parece nobre. Está sempre viajando, uma hora vai para Roma, outra para uma estância termal, depois para uma casa de campo, sempre com roupas feitas pelas melhores costureiras, como uma estrangeira!... *Voscenza* está sempre fechada entre quatro paredes... Ah, como eu queria ver! Mas quando tiver um marido... Aí sim! Um maridinho bonito, rico e enamorado como o senhor seu tio... Sabe-se lá, então, os lindos lençóis que surgirão...

— Você está doida, Lisa! Quanta besteira está dizendo! Tagarela! Enquanto ponho as fronhas nos travesseiros vá pegar o tapete do meu quarto.

E meneou a cabeça pensando que nunca teria tido o marido que Lisa lhe desejava. Quem podia se esquecer da raiva de *don* Mariannino quando tia Fifina casou, e o rancor que ele tinha ainda hoje, depois de tantos anos, em relação a tio Giovanni, o *forasteiro*?

Olhou o quarto e ficou satisfeita ao vê-lo todo arejado e arrumado; após baixar as persianas foi correndo pentear seus longos cabelos e se vestir. Depois precisou esperar muito até que Turiddo berrasse do portão: — Chegou a *signorinedda* — e que tia Fifina estivesse em casa com suas malas e as três chapeleiras e aquele seu sorriso formoso que parecia uma campainha.

Tia Fifina achou sua única sobrinha um pouco abatida e insistiu para que a deixassem levá-la para Palermo.

— Há três anos temos uma casinha na zona de Falde.[1] Um paraíso. E você vai conosco para lá...

Lucia, atordoada com toda aquela falação, confusa e feliz, não sabia responder nada, além de repetir: — Papai... ele não vai querer...

— Papai, papai — exclamou uma noite tia Fifina — como se existisse o Pai eterno. Respeita-se o pai, e Deus sabe se respeitei ou não o meu. Mas as coisas certas... Você também quer ficar numa cadeira de rodas? Vou conversar com ele agora.

— Agora não, por favor. A esta hora ele lê o jornal e não pode ser incomodado.

— Fique quieta.

E num impulso foi ter com o irmão, enquanto Lucia, consternada, rogava para todos os santos. Ouviu os dois discutirem, também ouviu a voz da mãe, e depois escutou alguém chamá-la. Com os joelhos trêmulos, também entrou no aposento, enquanto tia Fifina lhe dizia ao pé do ouvido:

— Não se faça de marmota agora.

O doente perguntou, encarando-a encolerizado:

— Você quer ir?

---

[1] Distrito de Palermo, Sicília.

— Como queira *vossìa*.

— Boba! — murmurou a tia.

— Apresse-se. Diga o que você quer fazer.

— Eu... gostaria — respondeu Lucia com a garganta banhada em lágrimas, evitando aquele olhar severo — mas só se não desagradar a *vossìa*.

O velho sacudiu a cabeça e não respondeu nada, cheirando lentamente um punhado de tabaco. As três mulheres esperaram longamente a resposta.

— Então — disse tia Fifina irritada — ela vai passar uma semana conosco. Viremos trazê-la de volta.

E saiu, deixando o irmão murmurar alguma coisa incompreensível.

— Mas assim — dizia Lucia na salinha — sem permissão? Não, não.

— Mas se for esperar a permissão!...

— Não, não, se for desse jeito estragaria meu prazer.

— Mas você se divertiria!

— E a mamãe? Não, não. Você não tem ideia de como se zanga quando fica contrariada.

Fugiu para o quarto para chorar como uma louca, desesperadamente, como se para ela tudo tivesse acabado, porque tudo lhe era negado assim, aos poucos, sempre.

Já tarde, quando estava muito abatida com o nariz vermelho e as pálpebras inchadas, a tia foi vê-la. Naquela noite até a tia estava triste:

— Tenho a impressão — disse devagar — que estou retrocedendo seis anos. Nesta casa a velhice chega antes da hora, por contágio. Eu também levava essa vida de agonia. Mas tinha mais coragem que você. Além disso, que Deus o abençoe, Giovannino me tirou de um poço de problemas. Eu era uma idiota como você, como as outras. Mas ele me abriu os olhos. Tenho a sensação de que comecei a viver só nos últimos seis anos. Você verá — disse com ênfase — vou te mandar um maridinho bom, do jeitinho que precisamos!...

Mas Lucia, que ainda não conseguia falar, dizia não e não com a cabeça, enquanto lágrimas maiores que as primeiras lhe escorriam pelas bochechas enrubescidas.

— Não chore. Se você quiser mesmo uma permissão falo com ele de novo...

— Não é isso — disse Lucia com um gesto vago, levantando os ombros.

— Vamos lá, me conte, meu amor — suplicava a tia com um semblante que denotava novamente preocupação — diga o que te faz sofrer, em que você está pensando! Confie em mim. Muitas vezes mocinhas como você padecem de tristezas fora do comum. Sei como é...

Porém, por mais que falasse e implorasse, Lucia não pronunciou uma palavra, embora sentisse seu coração apertar e a tia lhe inspirasse certa confiança; porque ela nunca se abrira com ninguém e jamais confessara os pensamentos tristes e melancólicos nem mesmo à mãe. Tinha a impressão de que ninguém entenderia.

O casal estava para ir embora. Tia Fifina tinha ido visitar os Barbagallo. Lucia esperava-a no dormitório e, admirada, observava uma a uma as bugigangas que ocupavam a mesinha de cabeceira e a mesa de canto. De repente entrou o tio.

— Fique — convidou gentilmente ao ver que ela estava confusa. — Você estava observando os cacarecos da Fifina! Veja quanto dinheiro esse passarinho me faz gastar...

Acariciando os bigodes, com a cabeça um pouco inclinada, fixava Lucia com aqueles seus olhos penetrantes que, quando perscrutavam, parecia que penetrassem na alma.

— Você fez uma besteira em não querer interromper esse tédio — acrescentou.

— Mas eu não me entedio — respondeu Lucia em tom garboso, como se estivesse se defendendo do exame daquele olhar.

— Realmente? Bem, então não falamos mais sobre isso. Veja, aqui está uma lembrancinha da nossa visita, já que você gosta tanto dessas ninharias. — escolheu um pequeno vasinho azul claro e lhe ofereceu.

— Obrigada — disse Lucia emocionada com tanta gentileza, uma delicadeza à qual não estava nem um pouco habituada e que a deixava sem jeito e envergonhada. De repente quis ir embora, mas não ousou dizer. Sentia uma inquietação estranha dentro de si, parecia-lhe que não fazia bem em permanecer no quarto a sós com o tio, enquanto a assaltavam pensamentos estranhos, confusos e ruins, enrubescendo-a como se o tio tivesse conseguido ler sua alma agitada.

— Vou descer — disse com firmeza.

— Ouço Fifina nas escadas, — respondeu o tio enquanto colocava as peças nas malas — você pode se despedir melhor dela aqui.

— Vão voltar de vez em quando? — perguntou Lucia com sinceridade.

— Sabe-se lá. Seu pai não parece muito contente com as nossas visitas.

— Mas e nós?

— Está bem. Voltaremos por você.

A voz do tio era séria e Lucia sentiu um grande baque no coração porque naquela sua agitação fora do comum essas palavras lhe pareciam ter outro significado, que só ela entendia. Acalmou-se quando finalmente viu tia Fifina entrar.

— Sabem, fiquei cansada — disse entrando — e ainda por cima tem neblina! *Don* Mommo manda um abraço para você — acrescentou, e cruzando as mãos em torno do pescoço do marido, forçando-o a se baixar, beijou-o nas bochechas como se não o visse há muito tempo.

Lucia sentiu a cabeça girar, enquanto a vista escurecia. Sentia uma repugnância insuportável e aquela repugnância era provocada por tia Fifina. Ainda mais porque os tios começaram a conversar alegremente, baixinho, como se estivessem a sós. Por fim desceu.

Pousou o pequeno vaso no mármore deserto da sua cômoda, e aquela bugiganga que no dormitório da tia parecia tão graciosa, naquele móvel aparentava estar perdida, fora de lugar, como um botão dourado em um xale.

Quando escutou o trotar da carruagem foi para a sala. Uma neblina espessa deixava tudo escuro; Turiddo carregava as malas. Os tios foram se despedir dos dois irmãos, que já estavam juntos; emocionada, tia

Fifina beijou a cunhada e Lucia, que não chorava. Tio Giovanni estendeu-lhe a mão, quase às pressas, dando as ordens para Turiddo. Estavam um pouco emocionados, mas alegres com a partida. Por fim embarcaram e a carruagem se afastou ruidosamente no calçamento irregular.

Lucia quis voltar ao quarto dos tios para reencontrar aquele não sei quê de caloroso e alegre que faltava a todo o restante da casa, e que em breve iria embora também dali; e em meio àquele crepúsculo cinzento e nebuloso, que encobria todos os móveis e objetos, teve a sensação de ouvir novamente o som de um pequeno beijo.

Alguém a chamava. Um pouco pálida e distraída, entrou na sala de jantar onde os irmãos já haviam começado o jogo de todos os dias e onde a mãe já estava sentada e trabalhava na colcha branca; como todas as noites, como sempre, como se a visita dos tios tivesse sido um sonho numa cálida noite de primavera.

Ti-nesciu

Na sua época, o advogado Scialabba era o melhor da cidadezinha, tanto que o chamavam "o advogado": só isso já era suficiente para saber quem fosse. Porém, desde quando a esposa falecera e Nina Bellocchio — depois de ter se aproveitado até do vinhedo — o deixara sozinho como um cão, até a sorte começara a abandoná-lo. Às vezes sim, às vezes não, defendia alguma pequena causa, e quando estava para defender uma se sentia revigorar e preparava grandes discursos empolados, mas assim que chegava ao tribunal, em meio aos colegas jovens que o provocavam e aos juízes que franziam as sobrancelhas para não rir, perdia o fio da meada — um fio demasiado frouxo para ideias demasiado sérias — e começava a expor pensamentos inacabados, amontoando velhas frases repetidas centenas de vezes, enquanto o advogado Millone desenhava sua caricatura na capa no Código. Apesar disso, comparecia com assiduidade ao tribunal, todo asseado, com o colarinho esgarçado, mas limpo, e as magras bochechas barbeadas: era um costume que não conseguia abandonar, assim como o de falar sempre italiano, inclusive com a filha e os camponeses.

Durante o inverno, e para ele o inverno tinha início em outubro, vestia um capote esverdeado, e quando lhe parecia que o verão estava voltando, colocava de novo as suas famosas calças ferrugem, muito compridas e apertadas, que lhe caíam bem e chegavam até o peito do pé, e o velho paletó preto, lavado a cada mudança de estação com gasolina. Era a filha quem, com resignação, lhe fazia companhia na sua melancólica e mísera velhice, e ele, para lhe oferecer pelo menos uma diversão, levava-a todas as noites para passear na rua principal da cidadezinha; subiam até o châlet e sentavam-se num banco, com tempo ventoso ou úmido, ou com o clarão da lua, e permaneciam por um bom tempo, calados, inertes e tristes, até que o châlet ficasse deserto.

Como se vestia com bastante modéstia, Libória preferia sair à noite, sob a luz intermitente dos lampiões, mas apesar disso as mocinhas mais ricas da cidade encontravam uma maneira de rir: observavam a pluma escura nos seus cabelos que nunca saía do lugar, ora reta, ora virada para a direita, ora para a esquerda, no verão ou no inverno, ou ainda uma fita que ora virava um laço, ora se transformava em cinto. Mas Libória, que caminhava impassível com a sua pluma e o seu laço, baixava o olhar e empalidecia só quando via passarem ao seu lado as senhoritas Saitta ou a baronesa Caramagna, que saíam de chapéu e pareciam ocupar toda a rua.

Todas as noites passeava animada pela silenciosa e tímida esperança de encontrar... Bom Deus! não sabia nem dizer a si mesma o quê e quem desejava encontrar; quando parava para pensar se sentia completamente perturbada e chamava de seu "destino", seu "futuro" aquilo que estava esperando tão vagamente. Quem sabe se alguém da cidadezinha, ou até alguma pessoa de fora, ao vê-la sempre tão tranquila, tão modesta, não pensasse em desposá-la? Não era fácil, sabia muito bem, porque nos tempos que correm ninguém se casa com uma noiva sem dote, mas — insinuava enrubescendo para a *gna'* Filippa e para a *gna'* 'Ntonia, que nas tardes longas chegavam com uma desculpa e depois entravam, se apoiavam na porta e começavam aquela ladainha sem fim — mas, dizia, elas precisavam se convencer de que uma mulher que sabe administrar bem uma casa, e que seja parcimoniosa e limpa, tem o dote nas mãos; o que fazer com certas mariposas que possuem vinte, até trinta mil liras, e jogam cinquenta da janela? Timidamente, fazia menção aos casos que conhecia, sem nunca se queixar do pai, enquanto as mulheres a elogiavam com grandes gestos e acabavam por incutir-lhe uma promissora esperança. Ah... se não fosse elas! *Gna'* Filippa tinha sempre algum bom partido de olho; Libória se privava da sua taça de vinho e fazia uma refeição mais frugal para poder oferecer alguma coisa às mulheres.

Aos poucos, com o tempo, os partidos tão fantasiados por *gna'* Filippa passaram a desaparecer; a pena do chapéu começou a desbotar cada vez mais e os honorários do advogado tornaram-se sempre mais incertos. Mas pai e filha continuavam a sair à noite, depois da Ave Maria, sempre mais tristonhos;

e Libória, sentada no banco do châlet deserto sentia um grande aperto no coração, como se fosse um choro que não quer sair, e na escuridão as copas frondosas e sombrias das árvores que se agitavam levemente no topo pareciam murmurar coisas tristes. Descendo tarde pela avenida mal iluminada, sentia mais forte a vergonha de seus passeios. A amargura de tantos anos, de toda a sua juventude, transformou-se em aspereza, e ao voltar para casa começou a desafogar também com o pai:

— O senhor entende que sou infeliz? Que só me resta me jogar no mar?!

— O que posso fazer por você? — murmurava o velho com sua voz trêmula — *ti nesciu, ti nesciu*[1] toda noite! É culpa minha?

E suspirava, esquecendo-se de falar italiano. Uma noite o escutaram e passaram a chamá-lo de Ti-nesciu.

Não ia mais com frequência ao tribunal; começaram a rir na cara dele. Defendia uma ou outra causa rara, com poucas palavras pronunciadas devagar com voz trêmula, fitando com ânsia os juízes e os colegas jovens, com aqueles seus olhinhos claros um pouco tapados pelas pálpebras inchadas. Conseguia umas poucas liras, que levava humildemente para a filha, sem se esquecer de tirar antes algumas moedas para jogar na loteria. Uma esperança firme e remota que nunca abandonou.

Passaram a não ter mais uma sopa quente todos os dias; de manhã cedinho Ti-nesciu entrava tímido

---

[1] Te levo para sair (dialeto siciliano).

na loja de *donna* Mariannina para comprar um pãozinho barato, explicando sempre com aquela sua voz hesitante, como se quisesse se desculpar:

— A senhora sabe... nós... comemos pouco... Somos apenas minha filha e eu. Não temos mais domésticas em casa. Somos apenas duas... pessoas!...

E repetia as mesmas palavras vagas, cansando as serviçais que se amontoavam em frente ao balcão, colocando com delicadeza o pão no bolso do capote que agora vestia até no verão, um pouco por causa do frio intenso que sentia, um pouco para esconder a roupa.

Uma manhã a padeira embrulhou dois pães ao invés de um, sem dizer nada. O advogado só tinha uns poucos trocados no bolso e enrubesceu:

— Pedi só um... Sabe senhora... comemos pouco... Poderia sobrar...

— Perdoe-me a liberdade, senhor advogado. Leve para sua filha. É fresco... ainda está quente. Veja!...

O advogado envergonhou-se ainda mais; ficou arroxeado, mas abaixou os olhos e agradeceu; foi embora cambaleante, caminhando com dificuldade com suas pernas magras, como se tivessem lhe dado uma bofetada.

Libória começou a tirar o enxoval que a mãe lhe deixara para o seu dote; *gna'* Filippa saía com as camisas finas e os bons lençóis embaixo do xale e voltava com poucas moedas, que entregava com profundos suspiros:

— A senhorita não pode acreditar o quanto rodei! Quando se trata de comprar desprezam tudo!

— Por favor, *gna'* Filippa! Não mencione meu nome! Seria muito grave!

Um dia, com a venda do último par de lençóis bordados, fez um vestido cor-de-rosa. Não pegava bem sair vestida sempre igual; parecia mais velha, mais desajeitada e mais pobre, e afinal de contas, as pessoas precisavam vê-la. E saía de braço dado com o pai também durante o dia, metida no vestido novo, com o chapelão preto emplumado — ele cada vez mais encurvado e encolhido no velho capote esverdeado. Caminhava altiva, procurando manter as costas retas que se vergavam sem querer, com grandes olhos irrequietos no rosto pálido e murcho, e a boca que queria exprimir um sorriso, enquanto na sua mente se agitavam os mais estranhos e melancólicos pensamentos. Mas em casa, já nas escadas, deixava-se levar, seu rosto voltava a ficar com aquela expressão amarga de sempre, e ela se abria com o pai com a voz banhada em lágrimas.

— É culpa minha? — respondia ele. — *Ti nesciu!*

Eram sempre vistos na rua, e atrás de todas as procissões, no final do cortejo, entre o ondear escuro dos xales e das samarras, despontava o vestido vermelho da filha do advogado, que, como dizia *don* Pepè, parecia um canudo de resina. À noite, infalivelmente, os dois voltavam a serem vistos sentados, inertes e emudecidos num banco do châlet meio deserto, onde parecia que as árvores que se agitavam levemente murmurassem coisas tristes.

Hoje eu,
amanhã você

    Ciano já havia encomendado a roupa em Catânia e tinha até marcado o dia das bodas quando uma noite, enquanto guardava a bancada e a sovela, viu chegar aquela tal da Leprina, que depois de muitos rodeios e de tantos "é preciso levar em conta" e "só o Papa não erra", disse-lhe em alto e bom tom que a 'Nciòcola mandava dispensá-lo porque um forasteiro rico tinha pedido a sua mão. Meu Deus!... Por sorte que a Leprina, que não era boba, tinha ficado a postos, próxima à porta semiaberta, e assim que notou Ciano ficar afogueado e arroxeado como um peru, bateu a porta dizendo:

— *Vossia* me desculpe!... Mas sou como Pôncio Pilates no credo!...

Ainda bem que ela conseguiu escapar. Ciano estava com tanta raiva que, com certeza, não teria ficado com as mãos no bolso; teria dado uns bons safanões naquela alcoviteira que primeiro havia combinado o casamento e depois descombinado, como se estivesse desfiando uma meia. Assim que ficou a sós, desabafou xingando mais que um turco — entre os dentes, para que os vizinhos não o chamassem de louco — insultando a Leprina e a 'Nciòcola, que tinham se aproveitado dele como se fosse bobo, até que se convenceu de que estava na hora de se deitar.

Mas tampouco encontrou paz na cama. Passou a noite inteira agitado, como se estivesse com dor de dente, ruminando vinganças cruéis, imaginando com uma volúpia selvagem como seria bom matar, esquartejar aquela fêmea mercenária; tramando fazer pelo menos um escândalo... sabe-se lá quantas outras coisas pensou em fazer naquela noite que não acabava nunca!

Porém, ao invés de levar a cabo os planos de vingança, levantou-se mais cedo que de costume e foi trabalhar com a porta trancada; e assim ficou por três dias seguidos, tamanhas eram a raiva e a humilhação. Na primeira manhã que saiu foi até Cicè para ver o vinhedo, evitando dar de cara com os amigos. Passados três dias, no bordel da "Sociedade Operária" certamente já deviam saber de tudo; sabe-se lá quantas risadas e quanta chacota sua história deve ter provocado. Depois foi entregar um par de botas para *don* Pino, todo carrancudo para evitar que lhe fizessem perguntas, mas ninguém perguntou, e assim tomou coragem; tanto é que à noite voltou ao bordel com aqueles seus passinhos curtos, o peito estirado e o boné caído de lado para ficar com ar de mafioso. Só o marceneiro lhe disse com um sorrisinho malicioso:

— E *donna* Liboriedda... com um forasteiro, não é?

— É! — respondeu Ciano dando de ombros — mulheres... Quando veem dinheiro perdem a cabeça!

Não disse mais nada. Mas ficou de orelha em pé a noite inteira, porque faltava pouco para virar, Deus me livre, a lenda do bordel. Era só dar importância a uma só palavra que fosse, ou demonstrar que tinha medo da zombaria! A fim de comprovar que realmente não tinha, voltou a frequentar o bordel como antes, e para não se deixar dominar pelo marceneiro, que tinha fama de ser brincalhão, promovia jantarzinhos, contava piadas e, em frente à porta, afiava a língua zombando e falando mal de todos que passavam. Assim, todos no bordel ficavam alegres como se fosse Carnaval, mas ele voltava para casa com a boca amarga.

Quando 'Nciòcola se casou, fugiu de novo para ver como estava o vinhedo e levou o primeiro cacho de moscatel para o bordel. Finalmente, aos poucos, tudo voltou a ser como antes, como se entre Ciano e *donna* Liboria jamais tivesse existido algo.

Uma noite, enquanto ele e alguns conhecidos estavam sentados tomando a fresca na calçada, escutaram uma badalada que indicava morte; em seguida outra, e depois outra ainda. Para que tivessem tocado todas, era sinal de que o morto era um ricaço. O dourador de imagens, ajustando o boné nas orelhas, levantou-se para ir perguntar ao sacristão da matriz.

— É — disse com ar misterioso ao voltar — aquele forasteiro da *donna* 'Nciòcola Liboria.

Todos olharam para Ciano.

— Bem-feito — disse o marceneiro.

— Ainda bem que você não espancou aquela safada até a morte — disse o dono do café piscando para Ciano — sabe-se lá quanto dinheiro ele deixou para ela!

Aquele som que simbolizava a morte e que subia como um pranto pelo ar cálido inspirou uma ideia no sapateiro; uma ideia que o fez sorrir sob seus parcos bigodinhos alourados. Amadureceu-a durante toda a noite e todo o dia seguinte, encurvado na bancada, martelando uma bota com júbilo. Uma semana depois, que lhe pareceu um século, começou a passear à noite depois do trabalho; postava-se em frente às janelas fechadas da 'Nciòcola esperando ser visto através das persianas. Ao encontrar Leprina, parou-a; ela tinha pressa, queria escapar, mas deteve-a com boas maneiras pedindo notícias da viúva.

— Veja, não sei ter rancor por ela!

Foi assim que Leprina voltou a frequentar a oficina, já que Ciano era um bom sapateiro. Além disso, 'Nciòcola tinha enviuvado cedo demais, era tão fresca que não parecia ter se casado... afinal de contas, calculou, se retomasse aquele negócio podia ganhar alguma coisa. Mas a viúva não queria saber de casar de novo, repetia sempre para Leprina que queria observar o luto em homenagem ao morto, mas ela não desistia: ia e voltava como uma mosca insistente.

— A senhora quer fazer sofrer aquele pobre homem vivo e sadio como um cravo? E fiel como um cachorro? Já parou para pensar na traição que cometeu?

— Não me caso de novo. Se o Senhor me queria casada não devia ter deixado que morresse aquele, que Deus o tenha.

— Mas o que a senhora quer fazer? Não vê que este outro estava no seu destino? Quer agir contra a vontade de Deus? Quer ficar sozinha tão jovem? Pense bem, a senhora se arrependerá! Quem come sozinho engasga, minha querida *donna* Liboriedda.

As mulheres, como dizia o marceneiro, refletem pouco, e agem como as bandeiras, com o vento que sopra. 'Nciòcola era jovem e, de tanto Leprina bater na mesma tecla e de ver Ciano passar e repassar pela viela, começou a ficar irrequieta com as tentações que lhe assaltavam o corpo. Enfim, era preciso admitir que os argumentos da Leprina eram inteligentes! Por isso, e também para seguir a vontade de Deus, no final do ano, acompanhada da irmã, recebeu às escondidas Ciano à noite, na escuridão. Depois daquela visita, em que só se recriminaram e se desejaram, Ciano não faltou nem uma noite, ficando para jantar até a uma da manhã, desfrutando da boa companhia da viúva, enquanto a irmã em um cantinho repetia o rosário. No bordel ostentava gravatas e lenços bordados, e fumava charutos fortes, do começo ao fim, rindo alegremente, como alguém que sabe o que quer, sem dar importância para os colegas que o espicaçavam chamando-o de palerma.

Passados seis meses daquela vida bem-aventurada, 'Nciòcola começou a falar em casamento, porque, dizia para tranquilizar a alma, havia observado luto completo por um ano, e não podia se sacrificar pela a alma do morto a vida toda; se algumas pessoas ficassem espantadas, pior para elas... Ciano aprovava. Estava feliz, felicíssimo... inclusive para não continuar a se encontrarem escondido dos vizinhos, como se cometessem um crime, e para acabar com as maledicências do bordel!

Marcaram para a véspera de São Sebastião.

Nos primeiros dias de agosto a viúva preparou *scattati* e *vuciddati*,[1] enviando bandejas grandes a todos os convidados e vizinhos para calar a boca dos maledicentes. Na véspera da festa foi se confessar, e com a ajuda da irmã limpou a casa; à tarde tirou do baú o vestido de casamento, que cheirava à cânfora; estendeu-o na cama grande esperando que Ciano chegasse. O vestido tinha um furinho.

— É a traça — disse a irmã, com uma voz pausada. Pegou a agulha, foi buscar a linha na casa de uma vizinha e começou a remendar com a precisão de sempre.

— Passaram exatamente dois anos — suspirou, enquanto pendia a cabeça para cortar a agulhada com os dentes.

— Meu São Sebastião, só de pensar me dá uma melancolia... — exclamou a viúva, lustrando as botinhas.

A irmã sacudiu a cabeça com tristeza, dizendo, com os lábios semicerrados: — Eu não casaria outra vez.

A viúva também meneou a cabeça, mas pensou que a irmã não podia entender certas coisas... tornara-se carola.

---

[1] Doces sicilianos. Os *scattati* são feitos com amêndoas, enquanto os *vuciddati* têm recheio de figo, chocolate e amêndoas.

Começaram a chegar as vizinhas e as convidadas, algumas vestidas de seda, outras de lã, e os menininhos e menininhas que traziam nas mãos grandes lenços brancos, bem passados e dobrados, onde seriam colocados *càlia*[2] e *scattati*. A salinha estava quase cheia; apenas Ciano não chegava, logo ele que era tão pontual. *Donna* Mara del Finocchio sugeriu que era hora de a noiva se vestir:

— Estamos perdendo muito tempo à espera de *don* Ciano. E avisamos o padre para começar às seis.

Com a ajuda da irmã e de *donna* Mara, a viúva começou a se vestir lentamente, um pouco perturbada. Colocou os brincos, o colar de coral, o de ouro, e nada de Ciano. Demorou um pouco no quarto, com a desculpa de escolher o xale que lhe caía melhor, e finalmente, toda empanturrada no vestido verde oliva com rendas desbotadas, vencendo a agitação, entrou na salinha cheia e sufocante, onde havia um burburinho... parecia que todos falassem juntos em voz baixa.

— Aconteceu alguma coisa? — disse em voz alta *donna* Gidda quando viu a noiva.

— São sete horas — disse *don* Raimondo, e acrescentou, colocando o relógio de bolso de volta no estojo: — Se quiserem, vou ver o que houve.

— Talvez seja melhor — respondeu a viúva com um fio de voz olhando em volta completamente perdida.

Don Raimondo não retornou logo. Por volta das nove, quando a maioria dos convidados tinha se

---

[2] Grão-de-bico tostado.

despedido sussurrando; e a viúva, sem o vestido, ajoelhada no quarto, diante do quadro de Nossa Senhora, suplicava perdão à alma do marido, *don* Raimondo entrou na salinha onde o aguardavam três ou quatro vizinhas. Enxugando a testa com seu grande lenço vermelho, disse:

— ... aquele porco! Fugiu. Foi para Reitano com a Nina, a verdureira!

O nicho vazio

Assim que as monjas viram passar as mulheres, depois os padres, e finalmente, bem devagar, o seu formoso São José no andor dourado, entre o fulgor das tochas acesas, ajoelharam-se atrás das grades. Cada ano que o santo saía em procissão era um grande acontecimento festivo. Mas quanto cuidado! Se saía em dia de sol temiam que o seu rosto se rachasse e que o manto amarelo e azul escuro se desbotasse; se fosse muito tarde e o céu estivesse nublado, receavam que a umidade o molhasse. Quando voltava para a igreja, as monjas se reuniam atrás do confessionário sussurrando para o capelão milhares de recomendações: que prestasse atenção em como o colocava de volta no nicho! Que não deixasse as dobras do manto amarrotarem! Que fechasse em vidraça! De manhã cedo, antes que o sacristão batesse à porta para que lhe dessem as chaves, as monjas rastejavam na igreja, engatinhando, e uma a uma, observavam São José de perto, com os próprios olhos — com aquele seu rosto bonachão de velho tranquilo, bochechas alvas como o leite e vermelhas como o fogo, e a grande barba branca tão natural que era possível contar os pelos — era motivo de inveja da própria Matriz.

Mas naquele dia elas estavam bastante preocupadas olhando para o céu encoberto que se nublava e ficava cada vez mais carregado. O galo no quintal cantava alto, algumas janelas tremiam e os melros voavam tão baixo que quase batiam no antigo muro: ameaçava um temporal forte. Foi um susto quando a irmã Orsola, aproximando-se da grade, gritou:

— Chove!

— Chove!? — repetiram as monjas reunidas no grande salão, e a temerosa exclamação foi sendo repetida até a cozinha, onde a irmã Dorotea preparava o jantar.

Trovejava. Fecharam as janelas correndo e ficaram no salão olhando para as vidraças onde a água escorria aos borbotões.

— Meu Deus! — exclamou irmã Antonietta. — Será que pelo menos vão cobri-lo?

— Com o quê? — respondeu irmã Tommasa.

— Com alguma coisa... pedem emprestado!... Um saco, um tapete... sei lá!...

— Não há motivo para temer! O capelão entende dessas coisas.

— Encontrará uma maneira de proteger a imagem...

— Meu Deus, quanta água!

— Vejam que raios!

— Sanctus Deus, Sanctus fortis, Sanctus immortalis!

— Miserere nobis!

Todas cochichavam ao mesmo tempo, fazendo o sinal da cruz, muito agitadas. Num canto, a madre superiora rezava tão absorta que teve um sobressalto quando ouviu a campainha. Ficou imóvel e continuou a orar com fervor, até escutar de novo o passo lento da monja porteira.

— Era o sacristão — avisou a monja, com a voz um pouco ofegante por causa das escadas que tinha subido. E acrescentou com alegria:

— Está seguro.

— Onde?

— Na igreja de São Domingos. Dos frades. E nem se molhou.

— Que milagre, Virgem Maria!

— Mas um santo poderia se molhar?

— Mas da outra vez...

Puseram-se de novo a sussurrar todas ao mesmo tempo, mas desta vez com júbilo.

Nesse meio tempo, depois de ter descarregado o mau humor, aquele março de tempo instável se apaziguou, e no céu límpido o sol mostrava a sua cara entre duas grandes nuvens cinzentas, de forma que na terra tudo oscilava entre luz e sombra.

De manhã cedinho a primeira ideia da superiora foi mandar buscar a imagem de São José. À tarde, a nova procissão, com a banda, dirigiu-se em clima de festa para a igreja de São Domingos. Mas no pátio do convento estavam apenas cinco ou seis frades com o clérigo responsável pela segurança, que disse educadamente ao capelão que o santo se encontrava bem na igreja, e que eles — as monjas e os padres — não tinham nenhum direito de levá-lo embora. À força? Ele tinha liberdade para decidir. Mas à força se responde com a força, e os frades não estavam em posição inferior aos padres, e fariam respeitar a qualquer custo a vontade de São José, que milagrosamente pedira refúgio na igreja deles.

Dava vontade de xingar! Coisa de louco!

Não houve jeito. Atrás do convento, os padres, impacientes e confusos, sussurraram longamente entre eles sobre o que fazer, enquanto as mulheres que estavam um pouco mais distantes cochichavam e a banda silenciava. Seria um vexame voltar daquele jeito! E aquela música? Por quê? E todas aquelas mulheres? Que procissão! O povo foi embora dividido em grupos, alguns tomaram a rua principal, outros as secundárias, comentando o ocorrido; os padres caminharam em duplas, encurvados em silêncio e apressados, com as batinas pretas e as alvas gastas esvoaçantes, agitadas pelo vento; desceram por uma ruazinha estreita e enlameada, entre duas fileiras de pessegueiros orvalhados que pareciam rir da pressa deles.

Foi um luto para as monjas. O capelão, um velho coitado, ia e voltava do convento para o colégio, passando longas horas no parlatório, embora o tempo estivesse úmido e ele sofresse de reumatismo. Tinham tentado de forma amistosa, e também nem tanto; com ameaças e persuasões, sem conseguir nada; os frades eram duros como uma pedra, respondiam que São José desejara permanecer no seu convento, e eles o guardavam como bons cristãos que eram, e que se o santo tivesse desejado voltar para o colégio teria pensado em fazer outro milagre. O capelão estava aflito:

— Mas o que se poderia fazer? — repetia atônita a superiora através da grade. — Se *vossìa* oferecesse um dinheiro... um valor alto?...

— Já tentei. Correndo o risco de empobrecer o colégio. Mas os frades são ricos e dizem que o fazem em respeito a São José...

— É verdade... Mas então eles querem justamente o nosso santo! Não poderiam ir atrás de outro? Os frades não lhe têm tanta afeição como nós, porque faz tantos anos que cuidamos dele, e o mantivemos novinho em folha que até parece ter sido feito ontem!

— Sem dúvida! — dizia irmã Dorotea, mais distante, no meio das irmãs que a escutavam. — Onde encontrariam outro São José como o nosso!? E, ainda por cima, benzido pelo Cardeal! Não é nada fácil uma benção como esta!

— A senhora se lembra, irmã Immacolata? Para mim parece que tenha sido ontem. Que festa... A igreja estava tão florida que parecia um jardim, o púlpito decorado com grinaldas de louros e mirtos...

— A música do lado de fora e, à noite, os fogos de artifício no Castelo...

Assim, agrupadas no fundo do parlatório, uma a uma, as monjas se lembraram de cada detalhe da festa, emocionando-se até chorar.

— Uma ação judicial... disse uma vez o capelão à superiora, bem devagar, como se a sugestão lhe custasse esforço.

— Pôr a Justiça no meio? Jesus Maria! Entre monges e monjas? Por causa de santos?... E quem se interessaria?

— Bem, talvez eu...

— *Vossìa*?... — A superiora suspirou fundo. Não. Não é o caso de pôr a Justiça dos homens no meio; só Deus poderia fazê-los reconhecer o erro, aqueles benditos frades! E se Nossa Senhora fizesse o milagre!? E se de repente, quando elas menos esperassem, escutassem a música e vissem surgir a procissão que trazia de volta o santo à sua pequena igreja?!

Precisaram se conformar, mas no recinto destinado às orações não conseguiam rezar olhando de frente para o nicho do altar principal, tão vazio e esquálido que parecia uma olheira; sim, exatamente uma olheira, como dissera irmã Immacolata, porque São José era realmente o olhar benevolente da igrejinha.

— Jesus Maria — murmurou um dia irmã Dorotea depois da novena. — O nicho de São José não pode ficar assim. Já que não há mais esperança...

— E o que se pode fazer?

— Sei lá!? Mas precisamos de um santo.

— Um santo! Como vamos colocar outro no nicho de São José?!

— Na verdade, a senhora não deve dizer no nicho dele, mas, no colégio de São José!

O colégio era pobre e não havia esperança de poder comprar outra imagem. Era preciso usar a criatividade. Irmã Immacolata foi quem soube encontrar uma solução.

— Lá em cima, no recinto onde rezávamos antes, não havia um São Judas Tadeu abandonado? Com uma barba tão bonita que parecia quase São José?

A proposta foi acolhida a contragosto, mas depois discutida com entusiasmo; animadas, as monjas mais jovens foram correndo buscar a imagem abandonada no velho recinto úmido e escuro, e arrastando-a com muito esforço conseguiram deixá-la num canto do refeitório. Todas ficaram ao redor dela, um pouco alegres e um pouco temerosas, olhando de perto aquele grande rosto amuado que as fitava com rancor. O santo estava deteriorado, um pouco rachado, não era bonito... Levaram o mês inteiro para limpar e esfregar. Cada monja tinha uma tarefa. Uma delas precisou pintar as bochechas; foi difícil porque ou estavam excessivamente coradas, ou demasiado pálidas. Bordaram em grupo o manto amarelo e azul escuro, para que se parecesse com o de São José. Enquanto uma bordava três lírios para colocar no alto do bastão que o santo ia segurar; outra embelezava a barba.

Com o rico manto drapeado e o bastão apoiado em um braço, finalmente a imagem foi colocada no nicho, e as monjas, orando, se iludiram de ter São José à sua frente. Porém, quando falavam, muitas vezes se confundiam ao chamá-lo:

— São Judas...

Então outra dizia com um suspiro:

— São José...

Porém, quando passavam diante do santo, apesar dos lírios, da barba embranquecida e das bochechas coradas, viam aquele rosto desalinhado, e então... ai...

como sentiam saudades do rosto bonachão e da postura encurvada e dócil do lindo São José que estava em poder dos frades!

A hora que passa

As meninas saíam em alvoroço colocando os cadernos nas pastas. Rosalia esperou que todas fossem embora e finalmente pôs o chapéu, passou o cachecol preto em torno do pescoço, pegou um jornal da mesa e saiu para o corredor ainda tomado pelo burburinho infantil, só interrompido pelas risadinhas e gritinhos.

Restavam apenas as professoras que se despediam:

— Maria... Vincenzina...

— Até logo.

— Até logo...

— Você vem?

— Sim.

— E você?

— Vou com Marietta.

— E Rosalia? Vamos juntas? — disse a professora do segundo ano.

— Não — respondeu Rosalia — estou esperando meu pai.

— Como ele está atrasado hoje!

— Paciência.

— Então até.
— Até!

Escutou um passo carregado no piso de madeira do corredor das salas masculinas. Estremeceu e virou-se. Uma cabeça careca surgiu em uma porta quase fechada:

— Senhorita...?

— Aqui está o jornal — respondeu Rosalia com uma voz emocionada.

— Foi útil?

— Sim. A didática, um pouco.

A porta se abriu e o professor Mirtoli passou no corredor das salas femininas curvando-se para Rosalia e observando-a. Ela enrubesceu, abaixando os olhos, apertando o cachecol em torno do pescoço fino.

— O que me diz? — perguntou Mirtoli baixinho.

Rosalia levantou os olhos, abaixando-os em seguida, com um sorriso imperceptível que queria dizer sim.

— Obrigado... finalmente... — disse Mirtoli. — Então irei... cumprimentar seu pai?

Rosalia sentiu um leve sobressalto. Depois disse:

— Daqui a pouco sai a quinta série.

— É verdade. Até logo.

Se mamãe tivesse visto! Rosalia lembrou-se da inquietação que sua mãe manifestara um dia, ao saber da visita do diretor, que se detivera um pouco mais para analisar as notas. Ela também herdara aquele sentimento orgulhoso de honestidade e certa timidez excessiva. Uma palavra, uma saudação trocada com um estranho sempre a deixavam perturbada. Mas hoje era diferente. Muito diferente.

— Rosalia — escutou chamar — desculpe se me atrasei...

— Não é nada, papai. Poucos minutos de diferença — e seguiu a pequena figura do pai.

A rua estava ensolarada, tinha um sol invernal lindo que revigorava, e havia pouca gente. O velho continuava se desculpando...

Ele se atrasara no trabalho e depois tinha brigado com a mulher, em casa.

— Mas não é nada, papai...

— Sabe, sua mãe... Ela e eu brigamos.

Tinha uma necessidade enorme de dizer o que tinha acontecido, e olhava para a filhinha que caminhava cabisbaixa, com o pensamento muito longe de casa. Observava-a repetindo as mesmas palavras, até que Rosalia se inquietou e perguntou:

— O que aconteceu com a mamãe?

— Sabe... Filippo escreveu de Palermo.

— Ah, sim?

— É, ele escreveu. Pede uma pequena ajuda no final do mês.

— Mas agora ele tem um salário, não é? — interrompeu Rosalia com uma voz firme. O velho, surpreso com aquele tom inusitado, intimidou-se.

— Sabe... É pouco... Ele está começando. Sua mãe também se irritou. Diz que eu estrago os filhos! Entende? Estrago os filhos...

— Você tem razão, papai... O salário é baixo, é verdade. Causa espanto — acrescentou com uma voz resignada — porque depois de tantos sacrifícios, tantas privações, parecia que fosse o momento de encerrar com isso. Ficamos lisonjeados quando nos formamos, esperando que depois... Parecia que iríamos nos livrar disso. Mas não existem só aqueles dois no mundo!... Não falo por mim. Mas e a Maria! As outras!... Chega... Tudo bem, vamos ajudar ainda. Agora o seu salário é suficiente. Você teve um aumento...

— É verdade, tive um aumento. Em breve espero deixar o seu intacto, Rosaliuccia. Depois de tantos anos de trabalho!... Mas por enquanto...

Dizia sempre *por enquanto*, e continuava sempre tudo igual.

Chegaram. Rosalia entrou primeiro e foi direto para a sala de jantar. A mãe, como sempre, trabalhava sentada em frente à janela com os pés apoiados no banquinho. A mesa estava posta, Maria preparava o almoço na cozinha. Como sempre, beijou a mãe antes de tirar o chapéu; sorrindo, a mãe pediu-lhe notícias da escola, queria saber quem tinha ido e se tinha visto a diretora. Mas Rosalia respondeu às pressas e foi rápido para o quarto se trocar.

Naquele dia também não sabia o que dizer. Fazia tempo que não tinha longas conversas com a mãe. Sentia-se hostil em relação a todos, inclusive em relação a Maria que trabalhava desde cedinho até à noite; e não sabia explicar de onde viesse aquela deteriorização e porque não tivesse mais toda aquela atenção que outrora tinha para com seus pais. Talvez por que em casa começavam a sentir que precisavam menos dela? Precisavam menos!? No entanto, Prospero e Filippo pediam ajuda. As dívidas existiam. A falta de dinheiro também.

Mas não. Não precisavam dela como antes. Ou pelo menos queria se convencer, queria afastar qualquer dúvida, qualquer remorso. Mas sua consciência estava angustiada. Uma voz interior lhe advertia para não abandonar a família.

Quantos anos de trabalho, quantos sacrifícios tinha apoiado! Toda a juventude sacrificada à família tinha passado sem que um só pensamento egoísta a tivesse exasperado, sem que um só pensamento impuro a tivesse perturbado. Sempre trabalhara com alegria para seus irmãos, esperando, confiante como uma mãe, vê-los tranquilos, com a impressão de que este fosse o melhor sonho, a recompensa mais gloriosa de seus esforços. Sempre encorajara os outros; as parcas refeições pareciam-lhe verdadeiros almoços e vestia as roupas de seis anos atrás com o mesmo prazer como se fossem novas. Mas havia algum tempo não sabia onde encontrar mais forças. Sua alma estava abalada, sentia-se inquieta, certos dias sentia-se tão atormentada a ponto de sofrer. Olhando-se no espelho, antes de sair, subia-lhe até o olhar a saudade amarga da juventude intensa e serena, da qual começava só agora a se dar conta de que estava indo embora aos poucos, junto com a doçura do olhar, a exuberância do corpo, o frescor da pele. Tinha a impressão de que a casa fosse grande demais, fria demais, e às vezes era tomada por uma irritação insensível em relação às doenças da mãe e à eterna tristeza de Maria.

Sentia um vazio dentro de si, como alguém que perdeu algo de vital. Quando estava encerrada na escola, em meio às suas meninas que, entre uma aula e outra, chilreavam como toutinegras, era tomada com violência por um desejo impetuoso e insaciável de ar livre, de céu aberto.

Mirtoli... Naquela sua vida monótona despontara mais uma vez a figura monótona de Mirtoli, que havia tantos anos oferecia-lhe seu coração fiel com aquele bondoso rosto rechonchudo e a cabeça careca, a casa confortável e o bom salário.

Sempre respondera não, sempre não. Não lhe suscitava simpatia, e também não lhe suscitava antipatia, mas não podia aceitá-lo — assim como não havia aceitado aquele que realmente lhe inundara o coração de amor, mas não tinha mais voltado.

Sabendo que os irmãos de Rosalia haviam se arranjado na vida, pusera-se a rodeá-la novamente, apertando o cerco. Rosalia, sem rumo naquele triste momento de consternação, acreditando que aquele cavalheiro, com o seu afeto pacato e fiel, fosse realmente o que lhe faltava, finalmente aceitara.

— Prospero também escreveu — suspirou o velho enquanto a levava de volta para a escola. — O concurso será apenas em novembro. Vai esperar aqui. Quer voltar.

Rosalia ficava em silêncio.

— Estou cansado, Rosaliuccia — acrescentou com pesar.

— Você tem razão, papai. Mas conseguiu situar bem os filhos na vida.

— Situar bem! Mas se estou te dizendo que Prospero volta, e que para voltar precisa de dinheiro! E depois há o concurso, a viagem para Roma. E se ele não passar? E a nota promissória com Mincuzzi que vence em setembro? E a hipoteca da casa... e o débito com Li Gregni? Não vamos terminar nunca.

— Isso mesmo. Nunca vamos dar um fim nisso.

O velho pôs as mãos no bolso e observou-a atônito. Pela primeira vez, Rosalia, que sempre o encorajara, estava abatida.

— Rosalia — murmurou — que falta de sorte...

Rosalia permanecia em silêncio. Mais do que nunca mergulhara no infortúnio da família, naquele infortúnio dignamente dissimulado, incurável. Quando teriam fim aquelas necessidades que surgiam a todo momento?

E Maria? As irmãzinhas menores, os pais idosos?

Foi novamente tomada por uma irritação imperturbável contra todos, especialmente contra si mesma, porque lhe pareceu não ser realmente ela, com a sua vontade, que estava reivindicando os direitos da vida, mas outra pessoa, incorporada à sua, que olhava com um desejo implacável um caminho diferente.

Entrou na escola sem olhar para o pai: mas quando se virou, ao vê-lo se afastar curvo e alquebrado, sentiu um remorso pungente. Teria gostado de voltar para lhe dizer uma palavra de conforto, uma daquelas palavras de apoio que, pobre velho, faziam seus olhos brilharem de lágrimas por trás das lentes ofuscadas.

Pensamentos extremamente tristes mantiveram-na ocupada toda a manhã enquanto dava aula sem um pingo de vontade; suas reflexões percorreram um longo e doloroso caminho no grande mapa da Itália pendurado na parede. O som da campainha foi como uma liberação para ela, e enquanto as meninas se aglomeravam na saída, correu para pôr o cachecol e o chapeuzinho. Esperou com impaciência, com as pernas trêmulas, em frente à porta, despediu-se rapidamente das colegas que passavam pelo corredor, com o olhar fixo na porta grande do setor masculino.

Finalmente o homem que era esperado apareceu; ela chamou-o acenando com a cabeça, e quando Mirtoli, com suas bochechas enrugadas e um sorriso de felicidade se aproximou, disse-lhe com uma voz resoluta:

— Não diga nada para meu pai. Não posso.

O bondoso Mirtoli abriu os braços arregalando os olhos.

— E... o que conversamos ontem?

— Não pode ser, senhor Mirtoli.

— Por enquanto?

— Não sei. Não, nunca — acrescentou com um sorriso melancólico. — Foi uma besteira.

— Mas senhorita! Mas eu... mas a senhora...

— Não, não, não pode ser. O senhor sabe que tenho três irmãzinhas, nascidas depois de mim, e que sou um pouco a mãe delas. Vá embora. Meu pai está chegando.

Mirtoli se afastou cabisbaixo. O velho se aproximava e analisando a filha com seus olhos claros e alinhados, perguntou:

— O que ele queria?

— Nada, papai. Devolvi a ele um jornal da escola. Vamos.

E seguiu a figura encurvada do pai, segurando o cachecol com a boca fechada, porque depois do esforço que fizera para parecer calma, as lágrimas contidas apertavam-lhe a garganta. Mas no seu coração não havia mais dor. Apenas uma pacata melancolia.

Depois das serenatas

O defunto Cola Burgio deixara para Melina, sua única sobrinha, todos os móveis, com o compromisso de que a viúva usufruísse deles até o fim da vida.

No entanto, com a desculpa de cuidar e fazer companhia para a velha, Melina e a mãe tomavam conta da casa — a mãe passava o dia, a filha chegava à noite e ia embora de manhã — com medo de que Dom Tanu e Dom Vincenzo, os sobrinhos da velha, fizessem desaparecer algum utensílio e — quem podia confiar? — talvez um móvel ou outro.

A velhinha se sentia mais tranquila desde que aqueles dois homenzarrões sérios e fechados começaram a circular à noite pela casa. Vasculhavam em todos os cantos e depois passavam o ferrolho na porta. Só assim podia dormir em segurança, e só assim podia aguentar a companhia daquelas mulheres que não a deixavam sozinha e em paz nem um minuto.

Melina dormia ao lado da cama da velha, no quarto dela, e os sobrinhos no dormitório contíguo, quase atrás da porta. Às vezes, no meio da noite, escutava-se um acanhado acorde de violões que chegava da viela; em seguida vinha uma voz alta e sonora:

> *Bella, avanti 'sta porta nun ci stari*
> *Ca l'òmini di pena fai muriri;*
> *Li capidduzzi toi nun li 'ntrizzari*
> *Facci 'na scocca...*[1]

Então, *don* Tanu, abrindo a janela com raiva, se debruçava de camisolão insultando os músicos:
— Vão embora? Sangue de...
Os violões silenciavam, *don* Tanu fechava a janela, e logo depois a serenata recomeçava em meio às risadas dos rapazes:

> *Chisti canzuni li cantu pi ttia*
> *Li cantu pi dispettu di li genti,*
> *Chiddi chi n'hannu raggia e gilusia.*[2]

— Vão embora! Por Deus...! Palavra de honra que atiro uma jarra cheia d'água!
Melina esticava um pouco o ouvido que estava debaixo do lençol e escutava, fechando a boca com o travesseiro para que ninguém escutasse que estava rindo.

---

[1] Minha linda, não fique aí em frente a porta
Porque assim você faz os homens morrerem de tristeza;
Não faça tranças com seus cabelos
Amarre-os com uma fita...
[2] Essas canções eu as canto para você
Canto por desprezo pelas pessoas,
Aquelas que têm raiva e ciúmes.

A velha cochilava; não podia mesmo ouvir, havia muitos anos que escutava pouco. Quando as vizinhas lhe contavam rindo o que havia acontecido, fazia o sinal da cruz e agradecia Nossa Senhora por ter lhe sugerido pôr pra dentro de casa aqueles dois cavalheiros, que pelo menos eram do seu sangue.

Sabe-se lá que doidices devia fazer aquela namoradeira o dia inteiro... pois não é que vinham até lá com as serenatas! Ensinava bordado em casa a uma lira por mês e tinha muitas alunas. As vizinhas diziam que quando o tempo estava bom, deixava as portas do terracinho escancaradas e embaixo tinha um vaivém incessante de vadios de boina e nariz empinado fazendo pose.

A velha não podia suportá-la, essa intrusa que acreditava ter vindo para tomar o lugar da filha morta. E implorava a todos os santos, com todas as jaculatórias que conhecia, quando ela tocava um objeto que tivesse sido tocado ou usado pela morta.

— Jesus, Maria, deem-me paciência — resmungava quando via a moça chegar à noite com o blusão azul escuro e os cabelos castanhos avolumados em forma de bola, como uma senhorita.

Era a sua cruz; além do mais, aqueles cabelos lhe incomodavam muito, porque Melina desejava sempre alisá-los em frente ao espelho, e ela, por sua vez, queria manter o espelho coberto com um pedaço de pano: sua filha tinha se olhado sempre ali e ninguém mais devia se olhar. Era sempre a mesma história: Melina tirava o pano e a velha o recolocava com todo o cuidado.

— Até quando eu estiver viva — repetia — deve ficar como eu quero e como gosto... Ah, Cola Burgio, Cola Burgio — suspirava afastando-se do espelho — que a sua alma bondosa descanse em paz! Mas me deixaste um osso duro de roer!

Gna' Peppa, a mãe, tinha mais cuidado; já a filha não tinha nenhum. À noite, no jantar, depois que todos já haviam se sentado lá fora com os vizinhos, divertia-se em deixar *don* Tanu enfurecido. Ficava feliz e ria até às lágrimas, sem ligar para a idade, quando o via bufar como um velho gato. *Don* Vincenzo era mais controlado e nunca lhe respondia com palavras, mas com gestos de desprezo.

Depois do jantar faziam as pazes. Melina, que se sentava entre a mãe e a velha, dava a volta e se posicionava atrás de *don* Tanu:

— O senhor tem rancor de mim? — dizia com a sua voz límpida e suave que parecia uma música. *Don* Tanu balançava a cabeça grisalha com ar de compaixão.

— *Don* Ta', vamos fazer as pazes. Não quis ofender o senhor. Como se pode ir dormir assim? E se vier um terremoto?... Precisamos morrer brigados?

Ria mostrando os dentes branquíssimos, e os olhos, que às vezes eram claros, às vezes escuros, começavam a rir com a boca. *Don* Tanu acabava apertando a mão dela, sempre balançando a cabeça, e a paz estava feita; salvo quando recomeçava pouco depois por uma besteira qualquer. Se *don* Tanu dizia — que noite bonita! —, Melina respondia: — que noite feia!

A verdade é que não podia suportá-lo. No entanto, precisavam ficar juntos porque cada um cuidava dos próprios interesses. Se à Melina cabiam os móveis, aos homens cabiam a casa e toda a roupa de cama e mesa, que não valia pouco, e mais cem onças em ouro. Aquelas mulheres seriam capazes de fazer sumir tudo, aos poucos; a velha quase não escutava e enxergava mais, seja por causa da idade avançada, seja porque pensava sem parar na filha morta. Minguava cada vez mais, e cada vez mais arqueava a cabeça sobre o peito. Melina e a mãe pensavam:

— Daqui a pouco podemos levar os móveis para a nossa casa.

Os sobrinhos pensavam:

— Daqui a pouco seremos os donos.

Uma manhã a velha não se levantou. Não podia. *Don* Tanu foi atrás do médico e Melina ficou com a mãe para ajudar a enferma. Aulas de bordado... que nada!

A porta permanecia fechada e as janelas também. Melina só saía para comprar o leite, mas se demorava para respirar um pouco de ar, com a desculpa de contar as novidades para as vizinhas. Nem se escutavam mais serenatas.

Todos estavam preocupados. Talvez a velha não teria se levantado mais. Como fazer quando tivesse morrido? — Retirar os móveis logo depois?... E a observância do luto? Deixar tudo na casa por alguns dias... e quem podia ficar cuidando das coisas em uma casa de homens?

O que fazer da casa vazia? E o que fazer com todas aquelas coisas sem casa? *Don* Tanu e Melina não perguntavam mais e preparavam a sopa; ele meneava a cabeça, ela suspirava.

Uma noite bonita de junho, *gna'* Peppa disse para *don* Vincenzo:

— Precisamos de um bom lençol e da colcha de seda.

Com uma chave grande, *don* Vincenzo abriu o baú e pegou a colcha e o lençol, que tinham aroma de lavanda. Adornaram a cama da velha e abriram a porta e as janelas. Traziam o viático e a viela estava repleta do canto dos homens e crianças que acompanhavam o padre em batina branca. As vizinhas se ajoelharam quando o cortejo passou; uma ou outra chorou, porque a morte sempre aperta o coração de quem fica, e a velha fora uma boa vizinha e agora morria com a mesma paciência e tranquilidade com que vivera, numa linda noite de verão, enquanto o ar estava fresco e cheirava a feno.

Precisavam levá-la embora de manhã. *Don* Vincenzo velava no quarto, com a cabeça sem chapéu, sentado, inerte na luz tênue e difusa das velas acesas. As mulheres e *Don* Tanu estavam no dormitório ao lado, silenciosos, cada um deles mergulhado nos próprios pensamentos.

O que fazer da casa sem os móveis? E dos móveis sem a casa?

Melina teria que pensar seriamente em trabalhar; não se vive de serenatas nesse mundo, e mesmo se um daqueles que tocavam para ela tivesse se oferecido como marido, era um tipo de gente que não valia nada. Nem Melina e nem a mãe tinham pensado nisso antes, e nem os dois sabichões haviam considerado que com os móveis iriam embora as duas mulheres, que conservavam a casa limpa como um espelho, conheciam os seus gostos, e em maio faziam a fritada de favas e ervilhas como poucas sabiam fazer.

— Se você lhe disser para ficar, Melina fica... — murmurou *Don* Vincenzo para o irmão, que tinha a mente um tanto confusa e pensava na idade dela, nos cachos dos seus cabelos e nos rapazes das serenatas... E assim, como se já tivessem conversado antes, entraram em acordo com *gna'* Peppa, sussurrando, em meio a lamúrias, enquanto a moça no quarto fazia uma trouxinha com suas roupinhas.

Durante o ano de luto apenas *gna'* Peppa cuidou da casa. *Don* Tanu via a noiva à noite, comendo todos juntos na oficina de bordado, porque as alunas de Melina iam embora quando escurecia. Casaram-se em junho. Nem foi preciso preparar o enxoval porque, além da roupa de cama e mesa, a velha deixara intacto o enxoval da filha morta.

Na viela não se escutaram mais serenatas. Nas noites de verão sentavam-se todos em círculo com os vizinhos, conversavam sob a luz do lampião, e era sempre Melina que tinha a voz mais alta de todos, uma voz tão suave que parecia uma música. Depois voltavam para casa e *Don* Vincenzo passava o ferrolho na porta. Bocejando, Melina preparava a cama, formada pela sua antiga caminha grudada no leito da velha morta.

A lembrança

A mãe, coitada, se desdobrava para urdir corbelhas e cestas, mas o pouco dinheiro que conseguia não era suficiente nem para o carvão. Quem mantinha a casa era Vastiana, que trabalhava desde cedinho até a uma da manhã, e ficava sempre satisfeita com qualquer coisa que conseguisse ganhar. Por uma *focaccia* empastava o pão para as vizinhas, distraía as crianças de *donna* Mena, e lavava algumas intermináveis canastras de roupas, contentando-se com uma pequena quantidade de farinha, um pouco de favas e alguns restos de comida.

"Galinha que anda volta com o bucho cheio" — era raro que voltasse de mãos vazias quando saía. Durante todo o tempo que lhe sobrava fazia tricô; tinha uma velocidade frenética, como se fosse dotada de uma máquina nas mãos, de forma que nos finais de semana tinha sempre um par de meias para vender. Pelo menos não morriam de fome. Vastiana, sem esperança de poder viver melhor, não reclamava nunca e trabalhava com tanta boa vontade que as vizinhas gostavam dela.

Às vezes, aos domingos, penteando os longos cabelos, olhava-se no pedaço de espelho que guardava como uma relíquia, e vendo o rosto alongado e esmaecido, e os grandes olhos claros, suspirava um pouco pensando que era mesmo melancólico ser tão feia, e que os rapazes não estavam errados em chamá-la de *lampiuni*.[1] Era por isso que os pastores, que nos dias de festa passavam pela viela com roupas de veludo procurando a *zita*, nunca a olhavam. Mas se angustiava pouco; assim que guardava o espelho e os pentes e cuidava da velha mãe — que a esperava para que ela a vestisse e a sentasse em frente à porta — dizia a si mesma que era ingênua e pretensiosa. Que idiota... Desejar até a beleza! Como se já não fosse suficiente ter o que comer!

Na época da colheita Vastiana deixava a mãe com Crocifissa — uma velha em quem podia confiar — e ia respigar com umas vizinhas mais pobres que ela. Respigar era uma verdadeira festa — embora voltasse para casa com as costas doloridas — porque trazia um saco volumoso de espigas que depois chacoalhava sozinha e porque com uma pequena parte preparava farro e levava o resto para moer e fazer farinha. Acima de tudo porque ela, que estava sempre naquela ruazinha, pegava um pouquinho de ar e de sol.

Um verão precisavam ir para Salamuni, e como era longe e seria necessário ficar dois dias dormindo no barracão, a mãe não queria deixá-la ir. Mas

---

[1] Lampião ou poste (dialeto siciliano).

Vastiana insistiu tanto e falou tanto que de manhã cedo, quando as vizinhas, passando em frente à porta, lhe gritaram:

— Ó Vastiana, você vem? — ela já estava pronta. Desceu correndo com o saco e foi.

A caminhada naquela senda larga, iluminada e fresca, parecia-lhe uma festa. Assim que chegou, começou a colher e colher, encurvada com o saco nas costas, louca de prazer em se sentir cada vez mais pesada: não descansou nem ao meio-dia quando o sol queimava; petiscou um pedacinho de pão enquanto colhia. Embriagada de sol, não sentia nada, só via o amarelado do restolho ardente, e quando se levantava um momento, cravava os olhos na boca do saco como se houvesse um tesouro, e sentia seu coração aumentar só de pensar que aquilo era frumento e seria transformado em tanto pão escuro e aromático que seria possível encher o móvel da cozinha.

Mas quando o céu ficou arroxeado e os grilos começaram a estridular, viu-se de repente sozinha, longe das companheiras, na grande planície ceifada infinita; olhou para frente, mas tinha a vista ofuscada, virou-se olhando à sua volta: só havia uma cerca de seixos, com arbustos de mirtos e bruscas atrás dela. Tinha chegado até o limite de Salamuni. Assustada, chamou:

— Maruzza... Ó... Maru... zza!

A única resposta foi o eco. Voltou a espreitar para todos os lados. Espichou a orelha e só ouviu os grilos. Passando a cerca havia um homem parado, a cavalo; ficou ainda mais assustada e se preparou para correr, mas vendo que ele se aproximava, as pernas começaram a tremer e ficou paralisada, gritando com voz chorosa:

— Ó, Maru...zza...

— O que você faz aqui?

— Bênção, *Voscenza*[2] — balbuciou Vastiana reconhecendo Pepè Guastella — espero as companheiras.

— Que companheiras?

— Viemos pelas espigas, Excelência.

Deu alguns passos só para não ficar parada.

— Você é Vastiana di Turi?

— Sim, Excelência.

— Aquele que foi meu muladeiro?

— Sim, aquela alma bondosa que já se foi.

— Para onde pensa que vai? Quer se perder? Acha possível atravessar Salamuni à noite? Espere, não ande por aí como uma louca. Para onde vai? Quero saber!

Don Pepè deu uma risada sonora examinando-a de alto a baixo, enquanto Vastiana passava a mão na testa suada, queixando-se e batendo os dentes como se tivesse uma febre terça:

— Ah, minha *Matruzza*, se eu tivesse te dado ouvidos! Foi pelo pão! Pelo pãozinho!

— Espere — disse *don* Pepè apeando da égua — venha por aqui.

— Não, Excelência.

— Sua burra! Pelas minhas terras vai encurtar o caminho.

— Excelência, me deixe...

---

[2] O senhor, a senhora (dialeto siciliano).

— Mas assim, à noite, como uma doida! Algum segurança pode te matar como um pintinho.

— Minha *matruzza!* — gemia Vastiana aflita.

— Não grite e confie em mim. Te ensino o caminho. As outras estão no barracão.

Era verdade. No barracão. Àquela hora já teriam preparado a sopa e ninguém pensava em sair à sua procura.

— Pule! — ordenou. *Don* Pepè tinha uma voz que transmitia tanta autoridade que ninguém podia contrariá-lo. Apesar disso, Vastiana, com a coragem que lhe dava aquele assombro desesperado, murmurou:

— Mas o que têm a ver as terras de *voscenza* com as de Salamuni?

— Sua burra! Vou te ensinar o caminho.

— Pode me ensinar daqui. Diga por onde devo ir e vou andar até encontrar minhas companheiras.

— Mal-educada! É assim que você ousa tratar o patrão do seu pai? Acha que vou te comer?

E assim Vastiana, dobrando a saia, trepou na cerca de arbustos e arranhou um pouco as mãos, conseguindo, finalmente, dar um pulo e adentrar na propriedade de Guastella. Mas quando já estava ali, recomeçou a tremer e a suar frio, como se tivesse agido mal. *Don* Pepè, sem lhe dar atenção, segurando a rédea da égua, lhe fez um gesto para que seguisse adiante. E Vastiana andou, acompanhando o ritmo dos passos do patrão, que caminhava lento e cabisbaixo. Atravessaram o campo ceifado; os seguranças cumprimentaram *don* Pepè, que mal respondeu; a um deles que queria segui-lo disse, saudando-o com um aceno:

— Pode deixar que eu ensino o caminho para a moça.

E caminhavam. Vastiana, mesmo olhando à direita e à esquerda para avistar a divisa, estava bastante confiante. Mas caminhavam no meio da plantação. Distinguiu, ao longe, a velha casa que Guastella mantinha ali só para guardar utensílios e, eventualmente, descansar. Parecia mais uma cabana. Olhou para o patrão de soslaio.

— Chegamos — disse *don* Pepè. — Pegando um atalho que sai da casa você já estará bem perto da senda principal. Um segurança vai te levar até o barracão.

— Que o Senhor retribua a sua gentileza, Excelência.

— Antes — disse *don* Pepè colocando a mão no ombro de Vastiana, enquanto ela se afastava tremendo — quero te deixar uma lembrança. Por mais que você respigue!... — disse, rindo alegremente. — Sua mãe não esbanja!...

— Não tenho nada aqui — acrescentou tocando os bolsos do casaco de veludo. — Você só precisa entrar na casa. Só um minuto.

— Não, Excelência — exclamou Vastiana — não entro.

— Tá doida? Esses mal-educados são todos assim! Será que te fiz mal? Falei alguma coisa que você não gostou? Quero te ajudar. Não basta? Quero te fazer o bem, assim, por nada. Só porque gosto de você. Se eu quisesse, você já estava nas minhas mãos. Não se dá conta disso?

E assim Vastiana seguiu o patrão, sem saber o que fosse fazer, embriagada de sol e de cansaço.

Ficou três dias. Até a manhã em que *don* Pepè, colocando nas mãos dela a lembrança prometida, mandou-a embora com um segurança que a levaria até o povoado. Vastiana não olhou o que era o presente; parecia admirada e foi atrás do vigia como alguém que segue o ruído de um guizo. Teve um sobressalto quando escutou-o dizer:

— Agora pode ir.

Ir? Fitou com olhos humildes o segurança que dava meia-volta na égua, olhou para o caminho diante dela, as primeiras casinhas fumegantes, pendentes ao pé do Castelo, voltando a tremer porque finalmente começava a entender. Jesus! Jesus! O que tinha acontecido? Como? Com que coragem voltava para a aldeia? O que dizer à mãe? À sua mãe que devia estar morta de susto e de dor? Por Deus! Sentia as têmporas latejarem e uma fraqueza imensa, como se alguém tivesse lhe extraído todo o sangue, mas mesmo assim caminhava; eram as pernas que a levavam... Tal como o burro do seu defunto e bondoso pai, que naquela noite da Candelora encontrara o caminho por conta própria, enquanto o dono tinha morrido em Guastella.

Lembrou-se disso de repente, sem saber como, e recordou que naquela noite sua mãe tinha gritado quando entendeu a tragédia, e pensou que ela também gritaria agora porque agora tinha acontecido alguma coisa pior do que a morte.

Passou pelas primeiras casas, pela fonte que sussurrava no silêncio, pela rua do Rosario, e finalmente entrou na sua ruazinha com os olhos cravados no chão, recolhida no xalezinho preto. Não havia ninguém. Apenas Crocifissa, que lavava debruçada em frente à casa e ergueu-se gritando: — É você, Vastiana?

Mas Vastiana não ouviu. Entrou. Sua mãe ainda estava deitada; àquela hora ninguém teria imaginado. Fechou a porta, ajoelhou-se ao lado do saco e com as mãos no rosto começou lentamente a chorar, em seguida chorou tão forte que parecia que o peito estivesse a ponto de rasgar. A velha na cama, com os olhos assustados, repetia que entendia, que sabia:

— Ó Vastiana, Vastiana, Vastiana!

E Vastiana chorava. Chorava com gemidos longos e sombrios como os de um cão que tomou uma surra.

Assim que souberam que Vastiana estava de volta, as vizinhas não dormiram mais, tamanha era a curiosidade de saber como tinha sido e o que diziam mãe e filha. Todas morriam de vontade de saber o que era o presente de *don* Pepè. *Don* Pepè, um nobre rico, extravagante, um homem que, se lhe desse na telha, era capaz de doar uma *quota*, um pedaço de terra, mas que se quisesse, também podia recusar dar até um limão estragado. Murmuravam que Vastiana tivesse ouro e dinheiro:

— *Don* Pepè deu cem onças para ela.

— E a renda vitalícia para a mãe, vocês não contam?

— Quem diria, aquele poste!

— Sim, mas mesmo assim é uma vergonha.

— Vergonha ou não, se antes morriam de fome agora viverão como ricas. Seja como for, não teriam mesmo conseguido que alguém se casasse com ela.

— Quem sabe agora? O dinheiro cega.

Enquanto isso, Vastiana não era vista nem mesmo em frente à porta da casa, porque *donna* Mena a despedira e nenhuma vizinha a chamava para empastar o pão ou lavar roupa. As vizinhas começaram a entrar na casa, a buscar notícias, cuidando para que uma não visse a outra. A velha emudecia quanto ao pequeno donativo — dez onças que rapidamente costurara dentro da roupa — e se queixava insultando os ricos. Não acreditavam, e prescrutavam a casa para descobrir a verdade, e quando se convenceram de que realmente Vastiana não recebera nada, começaram a se afastar e algumas se puseram a aconselhar:

— Deveria dar o vitalício! Paga-se caro por essas coisas, e vocês sabem disso, suas tontas! Mariannina, com *don* Ciccio, conseguiu paredes de ouro!

— Mas vocês não percebem? — choramingava a paralítica — que estou aqui como uma pateta? Então, por que ele se aproveitou? Quem me dera tivesse alguém que pudesse lhe quebrar os ossos!

— Sua filha deve fazer o jogo dele. Seu eu estivesse no lugar dela iria lhe dizer o que ele merece! Seja como for...

Vastiana cerrava os lábios e tricotava; ficava tão perturbada que se transmutava em milhares de tons. E quando as vizinhas iam embora, suspirava tirando um peso do estômago. Mas então devia escutar a mãe porque ela não parava nem mesmo à noite.

— Se eu pudesse arrancar o coração daquele maldito! Se pelo menos nos desse alguma outra coisa! Por que você não vai? Seja como for, não há nada a perder. Jogou você fora como um limão espremido. Maldito! Ele e os filhos! Maldita raça dos nobres!

A filha ouvia aquela voz roçar-lhe os ouvidos como uma mosca grande; retrocedia na memória daqueles três dias que tinham evaporado tal como evapora um sonho ruim, deixando a boca amarga e a mente oca. Pensando naquela espécie de cabana de Guastella esquecia-se das vizinhas, do casebre em que vivia e das queixas da mãe; revia *don* Pepè e escutava aquela risada forte de homem satisfeito. O que elas queriam? O que sua mãe queria? Pode-se consertar o mal que aconteceu?

Sua paz tinha acabado. Antes, à noite, depois de ter trabalhado como um boi, fazia o sinal da cruz e adormecia rápido, mas agora não conseguia mais pegar no sono por causa de tantas preocupações e imagens que lhe passavam pela cabeça, e tinha vergonha de evocar Nossa Senhora. Antes ia à igreja com as amigas, era chamada aqui e ali, mas agora nenhuma vizinha a teria convidado para uma visita em casa, e não poderia mais carregar no colo as criancinhas de *donna* Mena, que gostavam dela. O mal estava feito. O mal! Sentia um jorro de sangue na cabeça só de pensar na palavra. Era tão feia, sentia-se tão desgraçada, que nunca havia pensado que alguém pudesse gostar um pouco dela. E naquela noite, quando estava cansada e a cabeça entontecia por causa do sol forte que tomara, alguém, um nobre, lhe dissera:

— Sabe que gosto de você?

Aquelas palavras fizeram sua cabeça girar mais que o sol de Salamuni.

O que elas queriam? Por que insultavam *don* Pepè? Ela gostava dele, sim senhor, seria capaz de deixar que a dessangrassem só para lhe dar prazer, e mais cedo ou mais tarde teria gritado alto para quem quisesse ouvir. O que queriam? Era com uma angústia intensa que desfrutava da lembrança da sua vergonhosa felicidade, torturando-se de dor e prazer. Por isso permanecia em silêncio. E quanto mais as vizinhas se afastavam da sua casa e a mãe resmungava, mais ela se calava e lembrava, tricotando célere porque devia se apressar neste único trabalho que lhe era permitido fazer se não quisesse morrer de fome.

E teve quem passou a chamá-la de boba e quem começou a dizer que era atrevida, ainda mais porque sua fisionomia se tornara desfigurada; nesse meio tempo Nino, do Castelo, lhe compôs uma canção, e à noite os rapazes lhe cantavam sob o clarão da lua, acompanhados das fartas risadas do bêbado:

Vastiana lampiuni
Si'nni ju mmilleggiatura,
Fici un jornu la signura
E turnau cchiù lampiuni![3]

Mas Vastiana não ligava.

---

[3] Sebastiana poste
Foi passar férias,
Viveu um dia como dama
E voltou mais poste!

La mèrica

Di poi, passaru l'autri cchiu di trenta:
li picciotti sciamaru comu l'api;
Mi parsi ca lu scuru ad uno ad uno
si l'avissi agghiuttutu, e ca lu ventu,
'ntra dda negghia tirrana 'mpiccicusa
l'avissi straminatu pri lu munnu.
Lu scuru li tirava, una centona,
Un ciarmulizzu, e nomi, e vuci, e chianti:
unu cantava cu tuttu lu ciatu
ma c'era tanta rabbia 'tra dda vuci
la dispirazioni e lu duluri
paria mmalidicissi e celu e terra.[1]

VITO MERCADANTE, *Focu di Mungibeddu*

---

[1] Depois passaram os outros, mais de trinta;
os jovens partiram em massa como as abelhas;
Pareceu-me que a escuridão lhes tivesse engolido, um por um,
e que o vento, naquela neblina baixa e pegajosa,
tivesse espalhado todos pelo mundo.
A cerração levava-os embora; uma algazarra,
um falatório, e nomes e vozes e choros;
Alguém cantava a plenos pulmões,
mas na sua voz havia raiva, desespero e dor
e parecia que amaldiçoasse o céu e a terra.
Vito Mercadante, *Focu di Mungibeddu* (Fogos do Etna)

Mariano contou na noite de São Miguel, voltando de Baronia com o velho pai. Catena, que amamentava o bebê, ficou pálida como uma morta, e respondeu:

— Eles conseguiram, aqueles canalhas, enfiar na sua cabeça! Mas se você quiser mesmo ir, saiba que não me casei pra ficar viúva ou solteira depois de um ano de casamento!

Mariano jogou a pá num canto com raiva, xingando; Catena, com os lábios lívidos, sacudia a cabeça repetindo:

— Eu vou. Vou ou me jogo do Castelo.

Mamma Vita, voltando do estábulo, encontrou os dois brigando. Quando eles se altercavam ela nunca dizia nada, por prudência, mas como viu que estavam inflamados e escutou-os mencionar a América, teve a sensação de que lhe asfixiassem o coração e murmurou:

— O que você tá dizendo, filho?

Estava curvada na porta, tristonha e encolhida, com um punhado de feno no avental arregaçado. Ao ver que aqueles olhos claros consternados o fitavam, Mariano acalmou-se e disse:

— Faço o que todos de Amarelli fazem. E essa aqui tá me torturando com aquela sua lamúria. Será mesmo que alguém como Catena deve ir?

Mamma Vita estava paralisada como se não entendesse; depois acomodou-se em cima do baú cobrindo o rosto entre as mãos. Catena, sentada com o menino adormecido sobre suas pernas e joelhos, olhava em frente, sem ver, com grandes olhos estatelados e sofridos. Em seguida também chegou o velho; ele sabia da triste decisão do filho e foi se ajeitar na escada, sem falar.

Todos iam embora no povoado de Amarelli; não havia uma casa que não pranteasse. Parecia uma guerra, e tal como numa guerra, as esposas ficavam sem marido e as mães sem filhos.

Gna' Maria, aquela velha de cabeça grisalha e desgrenhada como um novelo de lã enrolado em uma roca, esbravejava a sua dor em frente à porta, sem se importar que a escutassem, gritava os nomes dos filhos e amaldiçoava a América com toda sua energia, suplicando com as mãos voltadas para o alto. Varsarissa ficava sem marido, jovem, muito jovem, e com uma criança para amamentar. Também partia o único filho do mestre artesão Antonino, e Ciccio Spiga, e o marido de Maruzza, a loirinha... Será que dava para contar todos? Simplesmente iam embora e abandonavam as mulheres. Nas casas em luto, a elas só restava chorar. Apesar disso, todos tinham um pedaço de terra, uma *quota*, e a casa, mas mesmo assim partiam. Os melhores jovens do vilarejo iam trabalhar naquela terra encantada que os atraía como uma prostituta.

Agora até Mariano. Ele tinha um pedacinho de terra que dava pão e azeite, uma pequena extensão de terra lavrada e cultivada como um jardim, e uma mulher jovem, linda, doce como o mel. Tinha se esquecido de tudo o que haviam feito para segurá-lo, para tirar a *Mèrica* da sua cabeça.

Quando quis ter uma mula, *ssù*[2] 'Nntoni comprou-a, e para agradá-lo *mamma* Vita lhe costurou outro terno de veludo. Já Catena não sabia o que lhe dizer para mantê-lo junto a ela.

Mas a América, dizia *gna'* Maria, é uma traça que rói e uma doença que se pega, e quando chega a hora de alguém comprar a mala, não há nada que o detenha.

Naquela noite cinzenta de São Miguel, os velhos acharam que também havia chegado a hora para Mariano.

Mas Catena, com os olhos fixos que parecia enxergarem dentro de si, não queria se convencer a ficar sozinha; com o pequeno rosto moreno-escuro enegrecido pelo sofrimento e pelo medo, pensava em acompanhar o marido. Pensava: parecia que a ideia fosse uma ferida, que fosse uma febre, porque lhe doíam as têmporas e o coração.

Passada aquela noite infausta, nos dias que se sucederam, implorando com os olhos e ameaçando com a voz:

— Eu vou. Se você for embora, também vou. Ou me jogo do Castelo.

Mamma Vita não tinha como dizer que ela estava errada:

— Ela tem razão, é isso mesmo... — repetia com voz resignada.

— E o menino? — gritava Mariano, irritado por também ser contrariado pela mãe.

---

[2] "Seu" em dialeto siciliano.

Sim, o menino! Era verdade. Será que um bebê podia morrer numa viagem tão longa?

— Oh! — implorava Catena. — Por acaso não sou mãe? Vou segurá-lo no meu xale, vou apertá-lo no peito como um passarinho no ninho. Não se preocupe.

Que dias tristes! Marido e mulher só fizeram brigar. Mas afinal venceu Catena: quando Mariano comprou a mala e começou a preparar as coisas, Catena, trêmula, mas resoluta, também arrumou as suas e as da criança.

Havia no rosto dela uma palidez de menina amedrontada. Espiava tudo e todos, sempre agitada, com medo de que algum imprevisto de última hora, uma deslealdade de Mariano, a obrigasse a ficar. Tomada de raiva, misturava na mala sua roupa com a do marido, para enfatizar que realmente partia.

Na noite em que as malas ficaram prontas e Mariano lhe mostrou as duas passagens, finalmente recobrou a serenidade. Seus olhos voltaram a ser meigos e risonhos como sempre.

Foi só então que começou a sentir a dor da partida. Teve a sensação de esperar mil anos até chegar a hora de deixar a casinha onde fora feliz por doze meses — depois dos maus tratos sofridos na casa do padrasto e da meia-irmã —, e de se separar das lágrimas de *gna'* Vita, que tinha sido como uma mãe para ela, e do sofrimento silencioso e profundo de *papà* 'Ntoni.

Quando foram embora, *ssù* 'Ntoni voltou para a pequena propriedade da família: não se pode abandonar a terra.

Mamma Vita ajudou-o — como sempre — a colocar o freio no burro, e ofereceu-lhe pão.

— Não vou com você — acrescentou. — É como se tivessem me dado uma surra.

Voltou encurvada para a casinha, fechou a porta e a janela como quando se está de luto.

— O que vou fazer de agora em diante? — pensava olhando à sua volta — eu tinha dois passarinhos e eles escaparam.

Para que servia trabalhar a terra? Para que servia fiar o linho e fazer o tecido, de agora em diante? Imaginou com tristeza o velho 'Ntoni que, sozinho e aflito, semeava o trigo dourado lá em Baronia, na linda terra ensolarada à qual o filho não dera valor. E a cena da noite anterior veio de novo à sua mente: tinham partido à meia-noite; não havia lua e naquela escuridão mal se distinguiam as duas carroças prontas na estrada, já ocupadas pelos outros emigrantes; as carroças cheias que se afastavam na noite sombria, com o canto dos jovens e o tintilar dos guizos.

— Coitados dos nossos filhos! — suspirou forte com um aperto no coração.

À noite, tirando o freio do burro, *Ssù* 'Ntoni repetiu:

— Vita, a terra precisa de braços e eu, que sou velho, não sou suficiente.

— Sim — respondeu *gna'* Vita — mas quero esperar a carta. Como posso pensar na terra, se nem sei se aquelas criaturas estão viajando?

O coração lhe dizia e, de fato, a carta de Palermo lhe trouxe uma estranha notícia inesperada.

O carteiro a leu, e ela apertou-a longamente entre as mãos — entre as pobres mãos ignorantes, caliginosas e enrugadas de cansaço e velhice — olhando para as poucas linhas pretas e contorcidas como se pudesse entender o sentido.

— Não existe um fim para o pior — disse à noite para o marido com tristeza. — Aquele nosso filho formoso como uma bandeira vai embora, mas a mulher volta!

Adeus semeadura, adeus terra! De mãos e pés atados, não podia mais nem sequer acompanhar o velho para Baronia, justo agora que ele precisava de ajuda. O que fazer com uma jovem e um bebê?

Catena voltou à noite, de diligência; pálida, despenteada, com os lábios lívidos e os olhos brilhantes, dava a impressão de estar doente, parecia que tivesse febre.

Colocou o bebê na cama e deixou-se cair sentada no baú com os braços sobre os joelhos, desconsolada.

Mamma Vita segurou nos braços o bebê que chorava, para acalmá-lo, e ao senti-lo de novo no peito provou uma ternura tão grande como se com aquela pequena criatura alguma coisa de Mariano tivesse voltado.

— Mas o que aconteceu, Catena? — perguntou.

A nora não dizia nada.

— E os outros, Catena?

A nora não dizia nada. O bebê chorou mais forte. Tinha fome.

— O bebê; me passe o bebê — disse a jovem com aspereza.

— Não. Seu leite tá ruim agora. Pensa que eu não te entenda?

A voz baixa e hesitante da velha bateu-lhe fundo no coração, e Catena começou a chorar e contar confusamente, serenando aos poucos graças ao benéfico desabafo.

Tinha sido um dia infernal. Eram vinte e cinco, incluindo aquela maldita meia-irmã. Todos perdidos pelas ruas, pelas grandes ruas da cidade, atordoados pelo barulho, ofuscados pelo pó e cansados, muito cansados, a ponto de se jogarem para dormir no chão, todos unidos e consternados como almas do Purgatório, como se eles não tivessem, no vilarejo, uma casa própria; desviando de carruagens com cavalos e de carruagens sem cavalos, que atropelam um cristão como se não fosse nada, rechaçados pelo navio, rejeitados pelo médico que devia examiná-los. Finalmente foram examinados, um por um. Ela fora a última e estava tão segura depois que todos haviam sido aceitos!

— E então... Entende? — gritou — depois da vergonha de ser examinada por aquele médico forasteiro, escutar que meus olhos estão enfermos! Eu! Meus olhos sempre foram invejados por todos!...

Falava com pausas, sem concluir as palavras, interrompidas pelos soluços que lhe dilaceravam o coração.

— Não chorei ali. Não. Te escrevi. Não tenho ninguém. Não tenho mãe, irmãos, ninguém. Eu vi todos embarcarem no navio, todos, um por um. Até aquela outra, entende!? Que ria na minha cara e me dava adeus!

E Mariano? Nem ao menos uma palavra amável, nenhuma palavra de encorajamento! Mas ele não tinha se esquecido de comprar a passagem da esposa de volta para casa, ah, isso sim! De forma que assim que o navio zarpou, um empregado da estação acompanhou Catena até o trem.

— E as suas coisas?

Ah, a bagagem! Estava claro que *mamma* Vita não tinha ideia do que fosse uma cidade! Quem podia abrir uma mala naquele inferno?

Mostrou uma receita para a sogra. O médico lhe havia prescrito. Era preciso pingar nos olhos, todas as manhãs, poucas gotas do remédio receitado; um farmacêutico podia preparar o medicamento, qualquer um do ramo.

— Ele me garantiu que em um mês ficarei curada.

— Viu? — exclamou a velha balançando o bebê para mantê-lo tranquilo — o mundo não acabou...

Catena meneou a cabeça. E o tempo entre o tratamento e a viagem? E os outros? Aquela maldita da Rosa tinha puxado Mariano com um fio de seda, por que tinha enfiado na cabeça dele a ideia da *Mèrica*? Diante de seus olhos apareceu a figura atraente da meia-irmã, seu corpo lindo de cintura fina e seios provocantes, o rosto moreno-escuro com lábios encarnados e um sorriso insolente.

Não quis perder tempo para começar o tratamento. No dia seguinte, assim que *papà* 'Ntoni saiu para Baronia, *gna'* Vita cobriu a cabeça com um lenço, pôs o bebê no colo e levou a nora para ver *don* Graziano, o farmacêutico.

As duas insistiram para que ele começasse a aplicar os medicamentos logo, ainda naquela manhã. O velho arrumou os óculos e, depois de pedir para a jovem se sentar, segurando-lhe a cabeça com uma mão, com a outra pingou nos olhos o remédio que havia preparado.

— Poucas gotas, foi o que o médico disse — murmurou Catena mordendo os lábios enquanto o remédio se espalhava pelas têmporas e orelhas.

— *Don* Graziano — repetiu *mamma* Vita mais alto porque o velho era meio surdo — poucas gotas, poucas.

— A senhora fique quieta — respondeu o farmacêutico melindrado — se vocês não confiam em mim procurem outro médico.

— *Vossìa* nos desculpe — implorou a jovem — é que li a receita.

E foi embora, seguindo a sogra e segurando um lenço nos olhos por causa da forte ardência que sentia.

Todas as manhãs as duas mulheres iam na farmácia de *don* Graziano. Passada uma semana daquela tortura a sogra perguntou:

— Mas esse remédio tá ajudando? Tenho a impressão de que está pior, e não melhor.

— Também acho — suspirou a nora. — Nunca senti dores na vista e agora sinto que centenas de alfinetes estão picando meus olhos.

O que fazer? Talvez fosse melhor suspender o medicamento e pedir o conselho de um médico. Mas *mamma* Vita preferiu ir sozinha agradecer o farmacêutico, levando para ele duas galinholas coradas escolhidas entre as mais bonitas do galinheiro. Em seguida levou a nora a uma consulta com Pidduzzu Saitta, o médico mais antigo do vilarejo.

Ele examinou Catena, que o olhava assustada, depois, com delicadeza, levantou um pouco suas pálpebras doloridas.

— Quem estava cuidando dos seus olhos? — perguntou.

— *Don* Graziano.

— O farmacêutico?

— Sim senhor.

— Aquele vilão! — lamentou o médico. — E a senhora quer ir para a *Mèrica*?

— Sim senhor.

— Tomara. Volte amanhã às nove. Vamos tentar cauterizar.

Catena acompanhou a sogra com o coração na mão, e assim que chegou em casa jogou o xale na cama, escondeu o rosto entre os colchões enrolados e começou a chorar copiosamente como na noite em que voltou de Palermo.

Mamma Vita, em pé, com o bebê adormecido nos braços, não sabia o que dizer para acalmar aquele choro.

— Escute — disse decidida logo depois — Saitta é uma fonte de pessimismo. Vê as coisas pior do que são. Eu não voltaria. Também existe Panebianco, sabe? É o médico dos pobres!

Catena levantou o rosto umedecido pelas lágrimas e olhou para a sogra com um pouco de esperança.

— Vamos depois do almoço — afirmou a velhinha — coragem, filha, pensa que eu não te entenda?

Olhou para a nora e viu que ela tinha muita tristeza em seus pequenos olhos claros. Amava-a como a uma filha.

— Veja que botão de rosa — disse abaixando a cabeça sobre o bebê que dormia — e como se assemelha a ele! Por que você chora? — confortou-a suspirando — você tem o seu bebê e encontrará seu marido. Veja, eu sou velha e me separei, ainda viva, daquele filho que nunca mais verei. Pensava que o teria para sempre e me dedicava a tecer um grande corte de linho para toda a família. Agora acabou. Não vê como ficou *ssù* 'Ntoni? E a esplêndida terra de Baronia como está desolada?

À tarde foram ter uma consulta com Panebianco para uma última tentativa. Panebianco, gordíssimo, sorriu como quando alguém lhe trazia um presente e depois examinou longamente os olhos de Catena, apalpando-lhe as bochechas com seus dedos enormes e leves.

— Olhos debilitados? — repetia com aquele seu jeito de homem para quem tudo é fácil. — Debilitados? Veremos! No fim do mês a senhora vai partir.

Foram ao consultório de Panebianco todas as manhãs, com o bebê no colo; *mamma* Vita levava sempre enrolados numa mantinha uma cestinha de ovos ou de fruta, um saquinho de trigo, um frangote, dois pombos, porque Panebianco, o médico dos pobres, aceitava qualquer coisa.

Mas os olhos estavam piorando, e Catena, ao se levantar, cobria-os por muito tempo, para acostumá-los à claridade. Não aguentava mais; também começou a desconfiar de Panebianco e quis mudar de médico.

Por volta do final do mês chegou a carta de Mariano. Ele começava a ganhar um pouco de dinheiro; eram trinta e cinco, todos de Mistretta; estavam juntos, e as mulheres também tinham conseguido emprego. Notícias que para ela foram como bofetadas. Leu e releu a carta várias vezes, cheia de raiva. Ele parecia feliz e *gna'* Vita pensou nas palavras amargas de *gna'* Maria, quando ela disse, um dia, que os filhos, uma vez na América, se esquecem até da mãe que os fez.

Catena perdeu a esperança de ir embora e não acreditou mais nos médicos; eram todos malandros, todos trapaceiros, eficientes para espremer o sangue dos pobres. Só Panebianco tinha recebido seis frangos e sabe-se lá quantas frutas e ovos!

Na pequena casa de *ssù* 'Ntoni os dias passavam cheios de melancolia. Para as duas mulheres não havia feriado nem procissão; estavam sempre em casa, e aos domingos iam à igreja para orar diante do altar de Santa Lucia. Como a esposa não podia ajudá-lo, *Ssù* 'Ntoni procurou um auxiliar, alguém que o ajudasse a lavrar a terra. Falava sempre menos, com o pensamento fixo no filho, soberbo e forte como um jovem carvalho, no seu filho lá na *Mérica*, que trabalhava para os outros.

O bebê crescia mal, fraquinho fraquinho, em parte porque mamava um leite ruim, em parte porque, ao invés de brincar com os outros bebês, passava dos braços da avó para os da mãe, e era tudo o que restava de Mariano.

Catena, que se tornara selvagem, também evitava as vizinhas. Em seu rostinho de pele marrom-escura, mirrado como se fosse consumido por um fogo que ardia por dentro, os olhos pareciam maiores, mais escuros por causa das olheiras que os rodeavam.

Não gostava mais nem de trabalhar, embora tivesse sido a mulher mais trabalhadora de Amarelli. Passava os dias acocorada na escadinha em frente à porta, enquanto *mamma* Vita fiava ou remendava, escutando o balbuciar do bebê que tinha aprendido a dizer papai; as duas, sem que nunca o tivessem dito, mantinham o olhar fixo na esquina de onde costumava aparecer o carteiro, estremecendo se o viam se aproximar da caixinha de correio.

Mas as cartas chegavam cada vez mais raramente. Catena não desabafava mais nem com a sogra; eram tantas as ideias que se lhe agitavam na cabeça que a faziam tocar as têmporas como se tivesse febre; pensava na *Mèrica*, nas casas altas e nas ruas escuras, pensava em Mariano jovem e forte, na terra dadivosa de Baronia, e vinha-lhe outra vez à mente a imagem da meia-irmã, formosa e insolente.

As vizinhas nunca conseguiam fazê-la tagarelar um pouco. Mas às vezes escutavam sua voz, que se tornara estranha e aguda, escutavam-na falar com o bebê como se ele pudesse entendê-la, dando-lhe uma torrente de nomezinhos bizarros, com um jeito de falar alterado, frenético e inconstante.

— *Stella, tesoro, Cavaleri finu, San Giorgiu biunnu, Apuzza nica. Tu mi ristasti. Chiamalu, papà, chiamalu ca è luntanu...*³

No começo, ao ser levantado pelos braços nervosos da mãe, o bebê ria, mas sufocado pelas carícias impetuosas, acabava por chorar.

Uma manhã, ao ver passar *gna'* Maria, perguntou-lhe se tinha duas corbelhas para colocar uvas e figos-da-índia para levar para Mariano.

— Ele gosta tanto de figo-da-índia e lá não tem... Sim, vou embora com o bebê — disse, escancarando-lhe na cara os grandes olhos escuros assustados.

— Agora sei como se viaja!

Como *gna'* Maria sacudia a cabeça, deu-lhe as costas, irritada, e sentou-se de novo em frente à porta.

As cartas não chegavam e os olhos não se curavam. Apesar de terem sido rezadas três novenas e de que tivessem sido oferecidas duas tochas para Santa Lucia. Não, mesmo assim, a santa não queria saber de fazer a graça.

Já não havia esperança de cura. Catena se tornara tão irritadiça que a pobre *mamma* Vita nunca a contrariava, só pela grande pena e pelo carinho que sentia por ela.

Uma manhã, era novamente Dia de São Miguel, *gna'* Vita fechou a porta porque fazia frio.

A nora, não se sabe por que, descera para o estábulo, disse-lhe ao voltar:

---

³ Estrela, tesouro, cavaleiro magrinho, São Jorge loiro, abelhinha. Você me faz falta. Chama o papai, chama, ele está longe...

— Pegue as corbelhas que *gna'*Maria me prometeu para pôr os tomates e os figos-da-índia.

— O que você está dizendo, Catena? Não estamos mais na temporada dos tomates!

Catena abriu a porta com violência segurando a criança pela mão.

— O que você está fazendo? Não é mais verão, faz frio! Como você se tornou rancorosa, minha filha! Não tem mais coração!

Catena fitou-a. No seu rosto moreno-escuro só se viam os olhos com as pálpebras inchadas e lívidas como duas manchas.

Sentou-se em frente à porta, colocou o menino em cima dos joelhos e fazendo-o dançar começou a lhe dizer, primeiro baixo, em seguida mais alto; depois com sua voz estranha e aguda que feria os ouvidos:

— *Stella, tesoro, apuzza nica, spica d'oro! Chiamalu, papà! Chiamalu ca è luntanu! Stella! Cavaleri finu...*[4]

Apertava-o forte entre suas pequenas mãos agitadas, erguendo-o. O bebê se contorcia e chorava.

Assustada, g*na'* Vita se aproximou para pegar o bebê, mas Catena apertava-o com força, como se ele estivesse preso com uma mordaça, e a pobre velha não tinha forças para tirá-lo.

As vizinhas, intrigadas com o vozerio das mulheres e com o choro do menino, também vieram, e suplicando, ameaçando, conseguiram arrancá-lo, correndo o risco

---

[4] Estrela, tesouro, abelhinha, espiga dourada! Chama o papai! Chama porque ele está longe! Estrela! Cavaleiro magrinho...

de machucá-lo, enquanto Catena repetia, rindo, com grandes olhos esbugalhados:

— *Tesoro! Stella! Chiamalo, chiamalo...*[5]

Pensaram que ela fosse morrer de convulsão, assim como morrera sua mãe. Mas depois se acalmou. E nunca mais se repetiu o delírio violento daquela manhã.

Não reconhecia o filho, não reconhecia a sogra, mas não incomodava ninguém. Passava o dia inteiro de cócoras, em frente à porta, sem sentir o frio do vento que chegava do norte, com o queixo entre as mãos, e se uma vizinha se aproximava, explicava — com um sorriso estranho no pequeno rosto sombrio — que estava esperando o navio que chegava de longe.

— A senhora consegue ver? — indicava — lá no mar, no oceano, o navio que fumega e que apita...

As corbelhas com uvas e figos-da-índia estavam prontas.

— Viajo amanhã. Estou curada — acrescentava tocando os olhos com as palmas das mãos. — Estou curada. Entende? Viajo amanhã...

---

[5] Tesouro! Estrela! Chame-o, chame-o ...

Os sapatinhos

Vanni e Maredda se amavam, mas não podiam falar em casar-se porque eram pobres. Ambos eram órfãos de pai; Maredda era tecelã e Vanni trabalhava na oficina do mestre Nitto, o sapateiro. Muitas vezes ele dizia à mãe:

— Por mais que se trabalhe, acabamos como as formigas, que raspam e raspam e mal conseguem sobreviver.

— O que você pode fazer, filho? Sobreviver já é alguma coisa.

Encontrava Maredda um pouco à noitinha, quando saía do trabalho, e aos domingos, na primeira missa da matriz. Não ousava mais do que uma olhadinha e uma palavrinha de amor. Apesar de os dois terem se encontrado a sós em várias ocasiões, na claridade da lua cheia, sob a pérgola do Sinibbio, e sem medo de serem vistos, mas todas as vezes Vanni não fizera nada mais do que pegar na mão dela e lhe dizer, devagarinho:

— Te quero muito!

Sentira a mão fria de Maredda tremer na sua, e havia entendido que se a tivesse abraçado, ela não teria se defendido, mas não ousara. No entanto, quando estava perto dela não tinha outro desejo a não ser o de beijá-la, e amiúde, na oficina do mestre Nitto, dizia a si mesmo que era um bobo, arrependendo-se de não tê-lo feito. Mas ele — que crescera grudado na saia da mãe como uma menina — tinha certas deferências que não sabia quem lhe havia ensinado.

— Você nunca fará nada de importante porque não passa de um *poesiante*![1]

Ele se ofendia. Mas todos o chamavam assim porque tocava o bandolim como poucos e porque era o jovem mais amável de Sinibbio.

— Não é verdade — costumava dizer à namorada — que não penso nas coisas que importam. Justo eu, que não fumo nem um cigarro e não bebo uma taça de vinho nem quando me convidam!... Em breve poderei falar com sua mãe sem ter medo de ser enxotado como um morto de fome. Até já comecei a fazer as compras!

Comprara um caldeirão de cobre e uma dúzia de pratos, e fizera aos poucos um par de sapatos amarelos com um barbante de seda. Haviam ficado tão bonitos que, quando mostrou-os a Maredda, ela ficou ruborizada de contentamento.

— A gente começa com pouco e sem pressa chega até as coisas grandes — dizia Vanni — chegará a hora em que comprarei ouro e roupas, e então!...

---

[1] Alguém que vive a sonhar.

Mirava bem no fundo dos olhos da namorada, que ficava vermelha como uma papoula.

Porém, por mais que se esforçasse não podia fazer muita coisa. De vez em quando, para fazer um estoque de trigo e lenha, o pé-de-meia acumulado centavo por centavo, durante meses e meses, ia embora de uma vez só. De forma que, num inverno em que não conseguiu economizar nem ao menos quatro onças,[2] começou a desanimar. Ao vê-lo aflito, *Gna'* Nunzia caminhava atrás dele encorajando-o:

— Os tempos bons e os tempos ruins não duram para sempre... Você vai ver que essa miséria vai passar.

Mas Vanni não respondia e na oficina trabalhava cabisbaixo, como quando se está pensando em algo. Uma noite, quando *gna'* Nunzia estava cozinhando uma couve-flor no fogão à lenha, disse:

— Vou para a *Mèrica*.

A velha teve um sobressalto como se alguém tivesse lhe dado uma pancada nas costas. Apoiou a ventarola na beirada do fogão.

— Sim, vou embora. O que estou fazendo aqui desperdiçando o melhor da minha juventude com mestre Nitto que me suga o sangue? Vou embora.

— Mas sobrevivemos — observou a mãe.

— E envelhecemos.

Pensava em Maredda e em *gna'* Nunzia, que — ele sabia — não se preocupava porque a moça era honesta e trabalhadora.

---

[2] A onça (do latim uncia) foi uma moeda que circulou na Sicília nos séculos XVIII e XIX.

Jantaram sem trocar nem sequer uma palavra. *Gna'* Nunzia olhou para o filho como se o visse pela última vez, seus olhos se encheram de lágrimas; enquanto Vanni sentiu o peso da própria decisão ao notar que a mãe não se opusera.

Contou para Maredda sobre sua decisão, sem lhe perguntar nada. Ela chorou desesperadamente, mas se acalmou quando ouviu a voz determinada do jovem:

— O que estou fazendo aqui? Lá... Não fico mais de um ano. Vou ganhar o suficiente para a gente se casar e abrir uma oficina por conta própria. Lá o ouro custa pouco e vou te trazer os brincos...

Maredda sorriu em meio às lágrimas e Vanni fitou-a mexendo o boné entre as mãos. Balançando a cabeça, disse:

— Não sou um qualquer!

Era bem diferente de um qualquer! Tinha tantos projetos em mente e dizia:

— ...Farei você melhorar de vida, minha linda, teremos o mar com todos os peixes, você será a dama...

E já lhe parecia ser rico, ter casa e esposa, e a própria oficina.

No início ficou um pouco atônito com a própria decisão; aos poucos começou a se acostumar, tornou-se o tema de todas as conversas e quis parecer alegre; quando começou a se preparar para a partida não quis que sua mãe chorasse:

— Não vou para a guerra! Você não vai mais me reconhecer. Pelo menos mestre Nitto me respeitará.

Tinha a sensação de que se tornara um homem idoso, caminhava altivo com Peppe Sciuto e Cola Spica, ambos casados e de partida para a *Mèrica*.

Na noite da partida também quis parecer alegre. Peppe e Cola vieram buscá-lo por volta das oito e *gna'* Nunzia acompanhou-o até Cicè. Maredda, com os olhos vermelhos, debruçou-se na janela para se despedir, esticando um pouco a cabeça entre um manjericão e uma rosa.

Encontraram os outros emigrantes na rua; não se conheciam bem entre si, mas se uniram como se fossem amigos desde nascer. Todos queriam parecer tranquilos, mas todos deixavam uma casa e uma mulher. Cola segurava o filhinho pela mão, e com gestos bruscos levantava o bracinho que apertava forte com sua mão calejada, assustando a criança, que arregalava os olhos amedrontados. Ao passar em frente à própria *quota* franziu a testa, meneou a cabeça e amaldiçoou a terra ingrata.

De repente Peppe Sciuto começou a cantar e então todos o acompanharam. Então a rua foi tomada por um canto forte e melancólico que parecia uma só voz, um canto que ora se erguia sombrio como uma ameaça, ora ficava trêmulo como um choro desconsolado, ora lento como uma oração.

Maredda esperava notícias de Vanni; era uma festa quando *gna'* Nunzia lhe trazia alguma.

Passados dois meses o carteiro entregou-lhe uma carta amarela com o endereço impresso; leu-a, temerosa e emocionada.

Vanni lhe dizia tantas palavras amorosas que a encheram de felicidade, mas a mãe começou a reclamar. A carta havia chegado num dia ruim: o pão guardado acabara e como não havia dinheiro para estocar mais trigo, mãe e filha se angustiaram, até que resolveram comprar pão na padaria, como as últimas coitadas, como aquelas que vivem com o dinheiro contado. Mas *gna'* Liboria, que estava de mau humor por outros motivos, descontou naquela pobre carta inocente e na filha; disse que ela acreditava nas tagarelices daquele tonto e que se ele voltasse com algum dinheiro não iria nem olhar na cara dela. *Gna'* Liboria viu que mestre Cristoforo di Licata estava entrando na ruazinha — era um jardineiro que ganhava dez liras por semana — e sofreu ao ver que a filha, dura como uma pedra, dava-lhe as costas e fechava a janela na cara dele. Merecia uma surra!

— Eu sou velha — dizia-lhe sempre — e você é pobre. O que está esperando da vida? Você não é nenhuma dama que pode se dar ao luxo de ficar com a cabeça nas nuvens! Não vê que aquele pedante não se comprometeu?

Maredda se martirizava, mas pensava no seu Vanni. Teria gostado de ir se despedir dele, mas eles não eram noivos e teria sido um atrevimento, teria sido pior do que deixar-se beijar diante das pessoas.

Depois daquela carta não chegaram outras. Veio a primavera e passou o verão, e não escutou mais falar de Vanni. As vizinhas diziam que a *Mèrica* não deixa ninguém voltar mais, que o melhor da juventude se consuma naquela terra desconhecida e que o emigrante não retorna para a pátria se não tem cem onças para construir uma casa.

Maredda acreditava naquelas conversas desoladoras e enquanto tecia cantarolava para se esquecer do sofrimento de Vanni:

Vitri tri rosi a 'na rama pinniri
Nun sacciu di li tri qual è a pigghiari
...
Nun c'è ghiurnata chi nun scura mai
Nun c'è mumentu chi nun penzu a ttia...[3]

Mas Vanni voltou na primavera seguinte. O seu pequeno baú cinzento, que tinha sabor de ruas e de gente estrangeira, e de fumaça de ferrovia, estava vazio. Não trazia nada além de trinta e cinco onças; uma miséria em comparação às somas sonhadas e planejadas sob a pérgola do Sinibbio. Mas não pôde mais resistir lá...

Falou logo sobre isso com a mãe, que foi encontrá-lo no Rosario. Com o xalezinho nas costas, *gna'* Nunzia não sabia dizer nada; olhava para o filho da cabeça aos pés, parecia-lhe mais magro; não podia acreditar que finalmente o tinha de volta. Ao abrir a porta, deixou que ele passasse antes e indicou-lhe a cama com um *tramareddo* limpo e a toalha em cima da arca, para que entendesse que ela o havia esperado. Vanni lhe disse, ainda em pé:

— Não consegui grande coisa, mas...

— Não faz mal, filho. O que importa é que você voltou. Tive a impressão de que ia morrer sem nunca mais te ver.

---

[3] Vi três rosas caídas em um galho
Não sei qual das três pegar

Não há dia que não anoiteça
Não há momento que não pense em ti...

— Apenas trinta e cinco onças. E só Deus sabe o quanto sofri para juntar isso.

— Não importa, filho. Aqui tem trabalho porque no mês passado morreu mestre Nitto, o sapateiro.

— Não tenho nada mais — continuou Vanni. — Mas me satisfaço com um pedaço de pão aqui no meu povoado. *Maledetta la Mèrica...* É uma velha rufiona que leva para um mau caminho com adulações. As pessoas honestas não se enriquecem na *Mèrica!* Mas esse dinheiro é suficiente para comprar o ouro e as roupas e também um pouco de couro para poder trabalhar.

— Coma, Vannuzzo — disse *gna'* Nunzia com uma expressão triste — e por enquanto não pense em nada mais.

— Por quê, mãe? — perguntou Vanni fitando-a suspeitoso.

Gna' Nunzia suspirou, e já que Vanni arregalava os olhos e franzia a testa, tocou em seu braço e lhe disse:

— Vanni! Vanni! Você voltou só por causa daquela moça? Não voltou pela sua mãe?

— Que isso! — disse o jovem dando de ombros — então por que fui embora?

— Vanni — disse a velha — você ainda é um *poesiante* e nada mais. Quando o pássaro voa quer que o galho fique solitário? O galho está parado e o pássaro se mexe, um voa e outro pousa.

— Mas eu... é verdade... meu Deus!...

— Vanni, Vanni, o que você está dizendo? Por que ficou bravo? O que é que há? A juventude deseja amor e as mulheres querem marido!

Vanni olhava para o chão enfurecido e amuado, com os polegares agitados nos bolsos da roupa. Um pouco temerosa, *Gna'* Nunzia servia os pratos.

— Vai esfriar, filho.

— Vou esganar os dois — murmurava Vanni. — Que vergonha! Não esperar um ano e meio! Fui um tolo, comi pão seco e dormi na palha para juntar, vintém por vintém, essas míseras trinta e cinco onças. Mas quem é? Sabe quem é, pelo menos?

— É de Licata, um jardineiro. Era um bom partido e Maredda é pobre. Ela dá pena. Também senti ferver o sangue nas veias quando soube. Mas depois a perdoei. É preciso saber como vão as coisas...

— Se ele passar na minha frente vou dizer algumas poucas e boas. Ele está apanhando a casca, que vergonha! A melhor parte quem teve fui eu, que é o primeiro amor de uma moça, isso é o que vale, o segundo não. Ele vai deixá-la. Aí nem eu vou querer!

Gna' Nunzia servia e deixava-o falar. Quando ele já tinha desabafado bastante, falou, e aos poucos acalmou-o. O que pensava em fazer? A esta altura, Maredda estava arruinada, a tal ponto que, se o jardineiro não a tivesse querido, poderia amarrar uma pedra no pescoço e se jogar no mar. O erro foi não se comprometer. Não era preferível, agora, deixar cada um seguir a própria vida e não se meter com aqueles pobres desonrados?

Convenceu-o a comer. Depois de ter jantado, Vanni sentiu-se outra pessoa, de forma que a velha lhe disse:

— Era a fome e o cansaço, filho. Você via as coisas com os olhos de um boi. Alegria, porque você é jovem e as moças não acabaram.

— Ah, isso sim! — aprovou Vanni. — Agora é você que vai procurar uma esposa pra mim. Quero me casar até a festa de São José!

Mais tarde chegaram amigos e parentes para festejar a volta de Vanni que, excitado, se sentia um homem experiente e falava da *Mèrica* cuspindo no chão.

À noitinha, quando todos tinham ido embora, Vanni procurou na arca uma camisa limpa, daquelas velhas. Tocou um objeto rígido com as mãos; era a caixa de papelão com os sapatinhos de Maredda.

— Coisa de mulher!... — murmurou, entristecendo o rosto, e atirou-a para longe, num canto.

— Não, não — disse *gna'* Nunzia correndo para pegar a caixa — se, vamos supor, *outra... a noiva,* calçar o mesmo número? Não é uma pena gastar mais? E depois — acrescentou assoprando com delicadeza um lacinho que tinha amassado um pouco — são tão novos, tão novinhos!

Vanni fechou a arca, balançando a cabeça em sinal de aprovação.

Nonna Lidda

Parece que o Senhor tinha desejado pôr *gna'* Lidda à prova, com tantas mazelas que lhe enviara. Era viúva e pobre, e como se isso não bastasse, a nora morrera e o filho estava com a cabeça na *Mèrica*. De toda essa catástrofe lhe restara apenas Nenè; a falecida nora deixara-o quando ele nem mamava direito, tanto que na noite em que precisou levá-lo para casa foi um verdadeiro horror para *gna'* Lidda. Ninguém tinha pensado em providenciar um pouco de leite em meio àquela dolorosa confusão, e ela o segurou a noite inteira com um paninho úmido, enquanto sentia o coração apertado de tanto escutar a criança chorar de fome.

Pouco tempo depois o filho fugiu para a América.

— Vou deixar o menino com você — disse à mãe —, você me criou, então agora crie meu filho.

Longe e sem mãe, aquela criaturinha filha de Deus teria certamente morrido. As preocupações e afazeres com a criança não deram trégua para que a velha chorasse pelo filho que partia. Não pôde nem mesmo levá-lo para Santo Stefano e acompanhou-o só até Rosario — viu quando ele dobrou a esquina com os outros jovens, acenou-lhe com a mão, de longe, sem poder vê-lo; ele se virou três vezes, com um sorriso na boca e o rosto pálido; depois voltou logo para casa, encurvada no xalezinho preto, para ver o bebê que estava no bercinho. Não havia como chorar precisando cuidar daquela criatura que ora tinha fome, ora berrava sem um motivo, ora queria que a fralda fosse trocada! *Gna'* Lidda sentia uma grande ternura em dormir com o bebezinho ao lado, e às vezes, de madrugada, ao despertar por causa de um medo repentino de sufocá-lo no sono, lhe parecia que voltava a ser jovem e que era seu filho quem estava ao lado. Bons tempos, aqueles! Suspirava forte com o coração cheio de tristeza, uma tristeza tão grande que parecia não caber mais.

Aquele bebezinho gerava uma ansiedade constante. Precisou desmamá-lo cedo, pois não podia comprar-lhe todos os dias leite para alimentá-lo, e acostumou-o à papinha de pão cozido enriquecida com um macarrão bem fininho. Dava banho na criança todos os dias, como fazem os ricos, e trocava com frequência a fralda, uma vez que lavar as roupinhas não lhe custava nada; seu ofício era aquele.

Dava pena ver *gna'* Lidda, naquela idade, ir para o rio Buscardo com a cesta de roupa na cabeça e o bebê no colo. Pegava as roupas dos clientes, trazia para casa, sempre com Nenè no colo. E Nenè ganhava ora um torrão de açúcar, ora um punhado de arroz para a papinha, ora as roupinhas que as crianças das famílias nobres não usavam mais. Porque, se *gna'*

Lidda era pobre, o Senhor é grande; não há motivo para se desesperar nesse mundo, e o pobre que se contenta com pouco encontra comida e ajuda sem saber onde e como, da mesma forma que os pardais e os estorninhos.

Todos os meses, assim que chegava a carta da *Mèrica*, pedia que mestre Nitto a lesse. O cozinheiro do barão *don* Cesarino era um homem bondoso. E na mesma hora mestre Nitto escrevia a resposta. O filho mandava boas notícias, começava a ganhar um pouquinho, em breve teria enviado alguma coisa, mas agora não podia; pedia novidades sobre Nenè e saudava os amigos. Sempre as mesmas cartas e as mesmas respostas. Mas *gna'* Lidda esperava com muita preocupação e, se o carteiro atrasava um dia, entrava em desespero. Enquanto o cozinheiro lhe escrevia a resposta, ela fitava-o com seus olhinhos verdes claros, olhava para a mão dele, para a pequena caneta com que escrevia as palavras ditadas. Mas será que mestre Nitto escrevia exatamente o que ela ditava? Não. Um dia ele lhe disse:

— Não se escreve como se fala! Mas dá pra entender do mesmo jeito.

A partir de então *gna'* Lidda não teve mais paz. E quando dizia: — Não se preocupe comigo que sou pobre, mas sobrevivo. Nenè está bem e cresce. Te abençoo, meu filho! — esticava o pescoço moreno, enrugado, mordendo um pouco os lábios como se quisesse colocar o que pensava na carta. Todas as vezes acrescentava:

— O senhor escreveu exatamente: Te abençoo?

— Pobre filho! Sua mãe, que está longe, te abençoa com todo o coração!

E ficava observando o cozinheiro até que ele fechasse o envelope com o endereço impresso que o filho sempre mandava. Quando enviava a carta, ficava em dúvida se o cozinheiro tinha realmente escrito o que ela lhe ditara.

Nenè crescia vagarosamente, um pouco pálido "como todos os filhinhos que não têm mãe", dizia, angustiada, a própria *gna'* Lidda. Aos poucos começou a saltitar ao longo de um trecho da rua, vinha atrás da *nonna* que o observava e, assim que o via cansado, se abaixava, esticava o braço e o colocava no colo. Para não pesar, Nenè — que já entendia alguma coisa — passava seus bracinhos em volta do pescoço da *nonna*, apertando forte. Depois, quando cresceu mais, pôde caminhar até o Buscardo sem a sua ajuda. Foi só então que *gna'* Lidda começou a respirar. Menos cuidados, menos aborrecimentos. Levantavam bem cedo, fechavam a porta, e com uma bisnaga e duas alfaces na cesta se alimentavam até o anoitecer. Era um menino frágil, e à noite *gna'* Lidda lhe dava um ovo ou uma papinha de macarrão fininho, para que ele não fosse dormir de estômago vazio. Ela tomava sopa de verdura só aos domingos, embora às vezes, de madrugada, se sentisse mal por causa da fraqueza.

O filho contou numa carta que se casara com uma moça de Patti, que trabalhava como passadeira na América. *Gna'* Lidda ficou muito desgostosa; agora com uma família nova ele não pensaria mais na velha. Mas paciência, pelo menos lhe restava o menino —

quando tivesse crescido seria um apoio. Suspirando, ditou para o cozinheiro:

— ...e também abençoo sua nova mulher. Mas não se esqueça da sua mãe, que é pobre.

O que estava feito estava feito; era inútil atormentá-lo com reprimendas. Ao voltar para casa, chamou Nenè com mais carinho do que de costume. Só lhe restava ele; a nora morta... o filho na América, sem esperança de revê-lo...

Quem sabe se pelo menos não mandava alguma coisa desta vez que quase tinha pedido? Com mais ansiedade do que de costume, esperou o fim do mês para que chegasse a resposta; era novembro, o mês dos mortos. O Natal estava próximo. Em cinco Natais nunca enviara nada. Mas desta vez, quem sabe. Casara-se, dizia que ganhava tanto... Lavando uma roupa repetia para Nenè que, acocorado numa rocha, brincava com as pedrinhas da ribeira:

— No Natal faremos uma grande festa. Papai vai te mandar alguma coisa bonita.

Não se enganou. No último dia de novembro chegou a carta; dentro havia três bilhetes grandes, daqueles que *gna'* Lidda nunca pusera a mão em toda sua vida. Devia contar para mestre Nitto, agora, para lhe provocar inveja e suscitar mau-olhado? Arrependeu-se como nunca de não saber ler, mas precisou contar para ele. Escutou a carta com o coração na mão. Era mais longa e mais carinhosa do que o habitual. Mas à medida que o cozinheiro lia, com sua voz uniforme, os lábios de *gna'* Lidda se adelgaçaram e empalideceram. Apoiou-se um momento na parede, pois teve a sensação de que a casa estivesse girando ao redor. E assim que o cozinheiro terminou, suplicou-lhe com uma voz frágil:

— Releia, mestre Nitto, deve ter um erro.

Não, não havia um erro. Tinha lido certo. Até o próprio mestre Nitto, que nunca se emocionava, dobrou a folha devagar, colocou-a no envelope e olhou para a velha com dó, alisando a barba crespa.

— E agora? — finalmente disse *nonna* Lidda, com uma voz que não parecia a sua.

Mestre Nitto deu de ombros e, balançando a cabeça, disse:

— É filho dele. Não há nada a fazer...

Mas assim, tudo de uma vez? Sem esperar pelo menos um mês? Talvez o compadre Tano estivesse em viagem, talvez já tivesse chegado. Mas ele não podia vir com o compadre Tano para ver a mãe? Pedia a criança de volta assim, como se não fosse nada. Esquecendo-se de que ela o havia criado, pobre velha, com o seu esforço, porque ele o deixara quando o menino ainda era um bebezinho! Não sabia o desgosto que lhe provocava, aquele filho sem amor! Desgraçado!

A velha emudeceu. Muitas ideias sem pé nem cabeça passaram por sua cabeça enquanto fitava mestre Nitto com seus olhos áridos: só então murmurou, levantando-se e pegando de novo a carta:

— Que seja feita a vontade de Deus. Se eu pudesse pelo menos chorar!

Mas não podia. Parecia que a garganta seca estivesse amarrada a uma corda que não a deixava chorar.

Tano chegou ao vilarejo. Passava o Natal com os parentes e queria voltar logo depois. A velha passou o Natal com o choro no coração; apesar disso recobrou as forças e quis, pelo menos, dar um pouco de alegria para o Natal do menino. No almoço serviu caldo de galinha e doces. Não pôde tocar a comida, mas se sentiu satisfeita só de ver Nenè comer com tanta alegria. Comprou-lhe um pifarozinho e uma carrocinha de madeira. Lavou toda a roupinha de Nenè, remendou onde havia um rasgo, pregou um botão onde faltava, depois escolheu as melhores peças e preparou-lhe uma trouxinha; pôs as camisas de flanela, os sapatinhos novos, a roupinha de festa — a primeira vestimenta de homem que lhe custara três sacos de roupas lavadas...

Também colocou na trouxinha a vestimenta de Nossa Senhora das Graças — diziam que na América não tivessem religião — e, por último, acrescentou o pífaro de Natal para que se lembrasse da *nonna* distante. Pobre menino, sabe-se lá se tomariam conta dele como ela tinha feito! Depois esperou que o compadre Tano viesse buscá-lo. Veio na noite de Santo Stefano; uma noite sombria como o chumbo: apareceu na janela, agasalhado em uma capa preta, com um chapéu de aba larga cobrindo os olhos:

— Está tudo pronto, comadre Lidda?

Sem dizer uma palavra, *nonna* Lidda estendeu-lhe a trouxinha; tinha medo de abrir a boca porque as palavras lhe teriam saído de supetão, desordenadas. Depois pegou a criança no colo.

— Cubra bem o menino.

Foi buscar o xale novo colorido, que nunca tinha sido usado. Enrolou o menino de tal forma que aparecia apenas o seu rostinho corado e os olhinhos pretos e vivazes, como um passarinho.

Beijou-o nas bochechinhas, com um beijo forte que tinha gosto de choro. Mas não chorava. Colocou-o nos braços do compadre, que o segurou com delicadeza porque entendia a dor da avó. Só gritou quando viu que o homem tinha dobrado a esquina, com a trouxinha debaixo do braço e o menino protegido pela capa:

— Compadre Tano, cuide dele!...

E ficou ali, com o olhar fixo e as mãos ossudas nos cabelos grisalhos desgrenhados pelo vento tramontana.

Durante dois dias, andou no quarto vazio de um lado pro outro, sem chorar, sem saber o que fazer, pedindo a Deus, que lhe privara de tudo, que também lhe privasse da sua miserável vida inútil. No terceiro dia pegou a cesta de roupa e foi para o Buscardo. Olhava para o chão e tinha a impressão de sentir a mãozinha de Nenè na sua. Com certeza ainda estava viajando, e fazia muito frio. Ainda bem que o tinha enrolado no xale.

Uma mulher a viu e disse para Nino, o carroceiro, que estava passando:

— *Gna'* Lidda parece zonza hoje. Caminha como um corpo sem alma.

O vento soprava tão forte que chicoteava o corpo. Parecia tudo sombrio e a água estava gelada no Buscardo. Ninguém estava lavando roupa à beira do rio, porque todos tinham tido medo do frio. Mas *gna'* Lidda não sentia nada. Usou uma pedra para quebrar o gelo que havia se formado e pôs-se a lavar. Suas mãos estavam congelando e ela não sentia. Continuava encurvada sobre a pedra escorregadia, sem lavar o pano que tinha molhado.

Em um momento pensava que não precisava mais trabalhar, em outro no menino que ainda viajava no navio, coberto por seu xale novo. Ainda bem que tinha lhe dado o xale...

À noitinha Nino voltava na sua carroça, com a cabeça coberta por uma manta, chicoteando a mula para que não congelasse. Passando pelo Buscardo, olhou para a margem por acaso e viu alguma coisa que parecia um cristão deitado. Espantado e curioso, foi ver de perto e fez o sinal da cruz, reconhecendo *gna'* Lidda de bruços, morta sobre a pedra escorregadia.

© *Copyright* desta tradução: Editora Martin Claret Ltda., 2021.

Direção
MARTIN CLARET
Produção editorial
CAROLINA MARANI LIMA / MAYARA ZUCHELI
Direção de arte
JOSÉ DUARTE T. DE CASTRO
Diagramação
GIOVANA QUADROTTI
Revisão
CAROLINA M. LIMA
Capa
AMANDA CESTARU
Impressão e acabamento
GEOGRÁFICA EDITORA

A ortografia deste livro segue o novo Acordo Ortográfico da Língua Portuguesa.

Dados Internacionais de Catalogação na Publicação (CIP)
(Câmara Brasileira do Livro, SP, Brasil)

Messina, Maria, 1887-1944
Pequenos redemoinhos / Maria Messina; tradução Adriana Marcolini. – São Paulo: Martin Claret, 2022.

Título original: *Piccoli gorghi*.
ISBN: 978-65-5910-170-2.

1. Contos italianos I. Título.

22-105589   CDD-853.1

Índices para catálogo sistemático:

1. Contos: Literatura italiana: 853.1
Ciebele Maria Dias – Bibliotecária – CRB-8/9427

EDITORA MARTIN CLARET LTDA.
Rua Alegrete, 62 – Bairro Sumaré – CEP: 01254-010 – São Paulo – SP
Tel.: (11) 3672-8144 – www.martinclaret.com.br
Impresso – 2022

CONTINUE COM A GENTE!

- Editora Martin Claret
- editoramartinclaret
- @EdMartinClaret
- www.martinclaret.com.br

IMPRESSO EM PAPEL
Pólen
mais prazer em ler

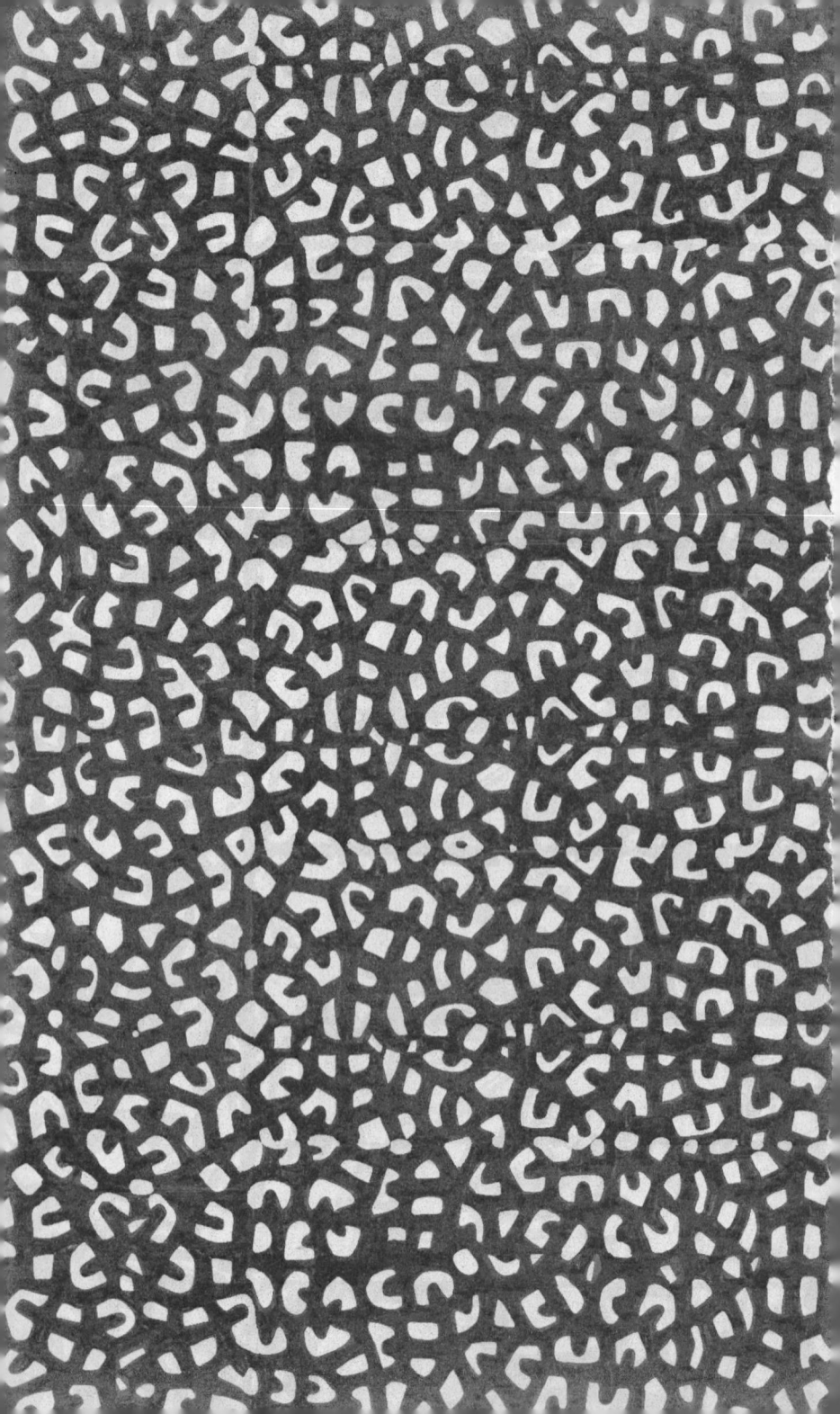